사피엔스 한국문학	손창섭
중·단편소설	비 오는 날
16	미해결의 장
	잉여 인간

『사피엔스²¹』

사피엔스 한국문학 중·단편소설 16
손창섭 비 오는 날

초판 1쇄 펴낸날 2012년 7월 6일
　3쇄 펴낸날 2018년 5월 10일

지은이 손창섭
엮은이 조현일
펴낸이 최병호
본문 일러스트 이경하
펴낸곳 (주)사피엔스21
주소 10403 경기도 고양시 일산동구 중앙로 1233 현대타운빌 205
전화 031)902-5770 **팩스** 031)902-5772
출판등록 제22-3070호
ISBN 978-89-6588-138-4 44810
ISBN 978-89-6588-072-1 (세트)

＊파본은 교환해 드립니다.
＊이 책에 실린 모든 내용에 대한 권리는 (주)사피엔스21에 있으므로
　무단으로 전재하거나 복제, 배포할 수 없습니다.

손창섭

- 비 오는 날
- 미해결의 장
- 잉여 인간

사피엔스 한국문학 중·단편소설 16 | 엮은이 · 조현일

사피엔스 한국문학 - 중·단편소설을 펴내며

 『사피엔스 한국문학』은 청소년과 일반 성인이 한국 문학을 대표하는 작가들의 대표 작품을 편하게 읽으면서도 한국 현대 문학의 흐름을 이해하는 데 다소라도 도움이 되도록 기획한 선집(選集)입니다. 이미 다수의 한국 문학 선집이 시중에 출간되어 있으나, 이번 선집은 몇 가지 점에서 이전 선집들과의 차별화를 시도하였습니다.

 첫째, 안정되고 정확한 텍스트를 독자에게 제공하는 데 주안점을 두었습니다. 문학 작품은 말 그대로 언어라는 실로 짠 화려한 양탄자입니다. 더군다나 한국 문학을 대표하는 작가들의 대표 작품들이라면 두말할 나위가 없겠지요. 이들 작품을 감상하는 데 있어서 정확하면서도 편안한 텍스트를 제공하는 것은 선집이 지녀야 할 핵심 덕목이라고 할 수 있습니다. 그래서 이번 선집은 각 작품의 최초 발표본과 작가 생애 최후의 판본, 그리고 가장 최근에 발간된 비판적 판본(critical version) 등을 참조하여 텍스트에 정확성을 최대한 기하되, 현대인이 읽기 쉽도록 표기를 다듬었습니다. 또한 낯설거나 어려운 낱말에 대한 풀이를 두어서 작품 감상의 흐름이 끊어지지 않고 작품에 자연스럽게 몰입할 수 있도록 편집하는 데 많은 노력을 기울였습니다.

둘째, 선집에 포함될 작가와 작품을 선정하는 데 고심에 고심을 기울였습니다. 물론 기존 문학 선집들의 경우에도 작가 및 작품 선정에 그 나름의 고심을 기울였을 것입니다. 하지만 문학 선집이라는 것은 시대의 흐름과 독자의 취향, 현대적 문제의식 등을 종합적으로 고려해야 하는 것이어서, 시간이 지나고 세상이 바뀌면 작가 및 작품의 선정 기준과 원칙도 달라질 수밖에 없습니다. 이번 선집은 이러한 점들을 고려하여 작가와 작품을 엄선하되, 오늘을 살아가는 청소년과 일반 성인들이 갖고 있는 문제의식 및 취향에 부합할 수 있도록 노력하였습니다.

셋째, 청소년을 위한 최선의 한국 문학 선집이 될 수 있도록 하였습니다. 오늘날 세상은 디지털 문명으로 매우 빠르게 흘러가고, 우리 청소년들은 입시의 중압감과 온갖 뉴미디어의 홍수 속에서 자칫 마음을 키우고 생각을 넓히는 데 소홀해지기 쉽습니다. 이러한 정보의 홍수와 경쟁의 급류 속에서 문학은 자칫 잃기 쉬운 성찰의 기회를 제공해 줍니다. 시대와 호흡하면서 인간의 삶이 제기하는 다양한 문제를 다채롭게 형상화한 작품을 읽으며, 그 작품 속에 그려진 세상과 인물에 공감하면서 때로는 충격을 받고, 때로는 고민에 휩싸이며, 그 속에서 새로운 자아를 발견하는 과정을 통해 청소년들이 깊은 생각과 넓은 마음을 키울 수 있을 것이라 확신합니다. 작품별로 자세한 해설을 달고 그 해설에서 문학 교육의 핵심 내용을 비중 있게 다룬 것 또한 청소년 독자를 위한 배려에서 비롯된 것입니다.

문학 선집을 엮는 일은 두렵고도 설레는 일입니다. 감히 작가와 작품을 고른다는 것도 두려운 일이었거니와, 이 선집을 시대가 요구하는 최고의 선집으로 만들어야겠다는 사명감도 이번 문학 선집을 엮는 과정에서 저희 엮은이들과 편집자들의 어깨를 짓누르는 한편 가슴 벅찬 기대를 품게 만들었습니다. 부디 이 선집으로 많은 이들이 한국 문학의 정수(精髓)를 만끽하길 바랍니다. 그리고 날카로운 질책과 따스한 성원을 아울러 기대합니다.

끝으로 이 자리를 빌려 물심양면으로 선집의 출간을 뒷받침해 주신 (주)사피엔스21의 권일경 대표 이사님 이하 편집부 직원 모두에게 감사를 드립니다. 또한 이 선집을 위해 작품의 출간을 허락하신 작가들과 저작권을 위임받아 여러 편의를 제공해 준 한국문예학술저작권협회 측에도 감사의 말을 전합니다.

엮은이 대표 _ 신두원

일러두기

●

1. 수록 작품은 최초 발표본과 작가 생애 최후의 판본, 그리고 가장 최근에 발간된 비판적 판본(critical version) 등을 참조하여 텍스트를 확정했습니다. 참조한 판본은 작품 뒤에 밝혔습니다.
2. 한 작가의 작품 배열은 청소년들의 눈높이와 문학사적인 지명도를 고려하여 그 순서를 정하였습니다.
3. 뜻풀이가 필요하다고 판단되는 낱말과 문장은 본문 아래쪽에 그 풀이를 달았습니다.
4. 표기는 원문에 충실히 따르는 것을 원칙으로 하되, 맞춤법과 띄어쓰기는 최대한 현행 표기법을 따랐습니다. 단, 해당 작가만의 개성이 묻어 있는 말이나 방언, 속어, 고어 등은 최대한 원문대로 살려 놓았습니다.
5. 위의 원칙들은 작가에 따라, 지문과 대화에 따라, 문체에 따라, 문맥에 따라 적용의 정도가 달라질 수 있습니다.

차례

간행사 4

비 오는 날 10

미해결의 장 48

잉여 인간 114

작가 소개 192

비 오는 날

이 작품에는 고향 친구인 원구와 동욱, 그리고 동욱의 여동생인 동옥이 등장하는데요, 그들은 6·25 전쟁으로 인해 월남을 하여 피난지인 부산에서 만나게 됩니다. 과연 전쟁이라는 피폐한 상황 속에서 그들은 어떠한 모습으로 살아갈지, 또 '비 오는 날'이라는 작품의 제목은 그들의 삶과 어떤 관련이 있을지 생각하며 작품을 읽어 봅시다.

이렇게 비 내리는 날이면 원구(元求)의 마음은 감당할 수 없도록 무거워지는 것이었다. 그것은 동욱(東旭) 남매의 음산한 생활 풍경이 그의 뇌리를 영사막처럼 흘러가기 때문이었다. 빗소리를 들을 때마다 원구에게는 으레 동욱과 그의 여동생 동옥(東玉)이 생각나는 것이었다. 그들의 어두운 방과 쓰러져 가는 목조 건물이 비의 장막 저편에 우울하게 떠오르는 것이었다. 비록 맑은 날일지라도 동욱 오뉘의 생활을 생각하면, 원구의 귀에는 빗소리가 설레고 그 마음 구석에는 빗물이 스며 흐르는 것 같았다. 원구의 머릿속에 떠오르는 동욱과 동옥은 그 모양으로 언제나 비에 젖어 있는 인생들이었다.
　동욱의 거처를 왕방하기 전에 원구는 어느 날 거리에서 동욱

뇌리(腦裏) 사람의 의식이나 기억, 생각 따위가 들어 있는 영역.
영사막(映寫幕) 영화나 환등 따위의 상을 비추어 볼 수 있는, 빛의 반사율이 높은 흰색의 막.
왕방하다(往訪--) 가서 찾아보다.

을 만나 저녁을 같이 한 일이 있었다. 동욱은 밥보다도 먼저 술을 먹고 싶어 했다. 술을 마시는 동욱의 태도는 제법 애주가였다. 잔을 넘어 흘러내리는 한 방울도 아까워서 동욱은 혀끝으로 잔 굽을 핥았다. 기독교 가정에서 성장했을 뿐 아니라 몇몇 교회에서 다년간 찬양대를 지도해 온 동욱의 과거를 원구는 생각하며, 요즈음은 교회에 나가지 않느냐고 물어보았다. 동욱은 멋쩍게 생긋 웃고 나서 이따금 한번씩 나가노라고 하고, 그런 때는 견딜 수 없는 절망감에 숨이 막힐 것 같은 날이라는 것이었다. 동욱은 소매와 깃이 너슬너슬한 양복저고리에 교회에서 구제품으로 탄 것이라는, 바둑판처럼 사방으로 검은 줄이 죽죽 간 회색 즈봉을 입고 있었다. 무엇보다도 그의 구두가 아주 명물이었다. 개미 허리처럼 중간이 잘록한 데다가 코숭이만 주먹만큼 뭉툭 솟아오른 검정 단화를 신고 있었다. 그건 꼭 채플린이나 신음 직한 괴이한 구두였기 때문에, 잔을 주고받으면서도 원구는 몇 번이나 동욱의 발을 내려다보는 것이었다. 그동안 무얼 하며 지냈느냐는 원구의 물음에 동욱은 끼고 온 보자기를 끄르

애주가(愛酒家) 술을 매우 즐기고 좋아하는 사람.
굽 그릇 따위의 밑바닥에 붙은 나지막한 받침.
깃 옷깃. 양복 윗옷에서 목둘레에 길게 덧붙어 있는 부분.
구제품(救濟品) 불행이나 재해 따위로 어려운 처지에 빠진 사람을 돕기 위하여 보내는 물품.
즈봉(jupon) 양복바지를 뜻하는 프랑스 어.
코숭이 물체의 뾰족하게 내민 앞의 끝 부분.
채플린 찰리 채플린(Charles Spencer Chapin, 1889~1977). 영국 태생의 미국 희극 배우이자 감독. 콧수염, 실크 모자, 지팡이 등을 이용한 독특한 분장과 익살스럽지만 애수를 담고 있는 연기로 유명하다.

고 스크랩북을 펴 보이는 것이었다. 몇 장 벌컥벌컥 뒤지는데 보니, 서양 여자랑 아이들의 초상화가 드문드문 붙어 있었다. 그 견본을 가지고 미군 부대를 찾아다니며, 초상화의 주문을 맡는다는 것이었다. 대학에서 영문과를 전공한 것이 아주 헛일은 아니었다고 하며 동욱은 닝글닝글 웃었다. 동욱의 그 닝글닝글한 웃음을 원구는 이전부터 몹시 꺼렸다. 상대방을 조롱하는 것 같은, 그러면서도 자조적이요, 어쩐지 친애감조차 느껴지는 그 닝글닝글한 웃음은, 원구에게 어떤 운명적인 중압을 암시하여 감당할 수 없이 마음이 무거워지는 것이었다. 대체 그림은 누가 그리느냐니까, 지금 여동생 동옥이와 둘이 지내는데, 동옥은 어려서부터 그림을 좋아하더니 초상화를 곧잘 그린다는 것이다. 동옥이란 원구의 귀에도 익은 이름이었다. 소학교 시절에 동욱이네 집에 놀러 가면 그때 대여섯 살밖에 안 되는 동옥이가 귀찮게 졸졸 따라다니던 기억이 새로웠다. 동옥은 그 당시 아이들 사이에 한창 유행되었던, '중중 때때중 바랑 메고 어디 가나'를 부르고 다녔다. 그 사이 이십 년이라는 세월이 흐르고 보니

스크랩북(scrapbook) 신문, 잡지 따위에서 필요한 부분만을 오린 것을 보관하기 위하여 책처럼 만든 것.
뒤다 뒤지다. 책 따위를 한 장씩 들추어 넘기거나 한 권씩 살피다.
자조적(自嘲的) 자기를 비웃는 듯한. 또는 그런 것.
친애감(親愛感) 친밀히 사랑하는 감정.
중압(重壓) 1. 무겁게 내리 누름. 또는 그런 압력. 2. 참기 어렵게 강제하거나 강요하는 힘.
소학교(小學校) '초등학교'의 전 용어.
때때중 나이가 어린 중.
바랑 승려가 등에 지고 다니는 자루 모양의 큰 주머니.

동옥의 모습은 전연 기억도 남지 않았다. 동욱의 말에 의하면 지난번 1·4 후퇴˚ 당시 데리고 왔는데, 요새 와서는 짐스러워 후회될 때가 있다는 것이었다. 그의 남편은 못 넘어왔느냐니까, 뭘 입때 처년데, 했다. 지금 몇 살인데 미혼이냐고 묻고 싶었지만, 원구는 혼기가 지난 동욱이나 자기 자신도 아직 독신인 걸 생각하고, 여자도 그럴 수가 있을 거라고 속으로 주억거리며˚ 그는 입을 다물었다. 동옥의 나이가 지금 이십오륙 세가 아닐까 하고 원구는 지나간 세월과 자기 나이에 비추어 속어림˚으로 따져 보는 것이었다. 술에 취한 동욱은 다자꾸˚ 원구의 어깨를 한 손으로 투덕거리며, 동옥이년이 정말 가엾어, 암만 생각해도 그 총기˚며 인물이 아까워, 그런 말을 되풀이하는 것이었다. 그리고는 다시 잔을 비우고 나서, 할 수 있나 모두가 운명인걸 하고 고개를 흔드는 것이었다. 동욱은 머리를 떨어뜨린 채, 내가 자네람 주저 없이 동옥이와 결혼할 테야, 암 장담하구말구, 혼잣말처럼 그렇게도 중얼거리는 것이었다. 종잡을 수 없는 동욱의 그런 말에 원구는 무슨 영문인지도 모르면서, 암 그럴 테지, 하며 동욱의 손을 쥐어흔드는 것이었다. 동욱은 음식집을 나와 헤어

1·4 후퇴(一四後退) 6·25 전쟁 당시 중공군의 대공세로 인해 정부가 수도 서울에서 부산으로 철수한 사건. 1951년 1월 4일에 서울이 중공군에 의해 함락되었으나, 국군과 유엔군은 그로부터 2개월 후인 3월 중순에 서울을 되찾았다.
주억거리다 고개를 앞뒤로 천천히 끄덕거리다.
속어림 마음속으로 짐작하여 헤아려 보는 어림.
다자꾸 무턱대고 자꾸.
총기(聰氣) 총명한 기운.

질 무렵에 두 손을 원구의 양 어깨에 얹고 자기는 꼭 목사가 되겠노라고, 했다. 그것이 자기의 갈 길인 것 같다고 하며 이제 새 학기에는 신학교에 들어가겠다는 것이었다. 어깨가 축 늘어져서 걸어가는 동욱의 초라한 뒷모양을 바라보고 서서 원구는 또다시 동욱의 과거와 그 집안을 그려 보며, 목사가 되겠노라고 하면서도 술을 사랑하는 동욱을 아껴 줘야겠다고 생각하는 것이었다.

그 뒤에 원구가 처음으로 동욱을 찾아간 것은 사십 일이나 계속된 긴 장마가 시작된 어느 날이었다. 동래(東萊) 종점에서 전차를 내리자, 동욱이가 쪽지에 그려 준 약도를 몇 번이나 펴 보며 진득진득 걷기 말째 비탈길을 원구는 조심히 걸어 올라갔다. 비는 여전히 줄기차게 내리고 있었다. 우산을 받기는 했으나 비가 후려치고 흙탕물이 튀고 해서 정강이 밑으로는 말이 아니었다. 동욱이가 들어 있는 집은 인가에서 뚝 떨어져 외따로이 서 있었다. 낡은 목조 건물이었다. 한 귀퉁이에 버티고 있는 두 개의 통나무 기둥이 모로 기울어지려는 집을 간신히 지탱하고 있었다. 기와를 얹은 지붕에는 두세 군데 잡초가 반 길이나 무성해 있었다. 나중에 들어 알았지만 왜정 때는 무슨 요양원으로

신학교(神學校) 신학 교육을 통하여 교직자를 양성하는 고등 교육 기관.
말째다 거북하고 불편하다.
길 길이의 단위. 한 길은 사람의 키 정도의 길이이다.
왜정(倭政) 일본이 침략하여 강점하고 다스리던 정치.

사용되어 온 건물이라는 것이었다. 전면(前面)은 본시 전부가 유리 창문이었는데 유리는 한 장도 남아 있지 않았다. 들이치는 비를 막기 위해서 오른편 창문 안에는 가마니때기가 늘여 있었다. 이 폐가와 같은 집 앞에 우두커니 우산을 받고 선 채, 원구는 한동안 움직이지 않았다. 이런 집에 도대체 사람이 살고 있을까? 아이들 만화책에 나오는 도깨비집이 연상되었다. 금시 대가리에 뿔이 돋은 도깨비들이 방망이를 들고 쏟아져 나올 것만 같았다. 이런 집에 동욱과 동옥이가 살고 있다니. 원구는 다시 한 번 쪽지에 그린 약도를 펴 보았다. 이 집임에 틀림없었다. 개천을 끼고 올라오다가 그 개천을 건너선 왼쪽 산비탈에는 도대체 집이라고는 이 집 한 채뿐이었다. 원구는 몇 걸음 다가서며 말씀 좀 묻겠습니다, 하고 인기척을 냈다. 안에서는 아무런 응답이 없었다. 원구는 같은 말을 또 한 번 되풀이했다. 그래도 잠잠하다. 차차 거세 가는 빗소리와 도랑물 소리뿐, 황폐한 건물 자체가 그대로 주검처럼 고요했다. 원구는 좀 더 큰 소리로, 안녕하십니까? 하고 불러 보았다. 원구는 제 소리에 깜짝 놀랐다. 목에 엉켰던 가래가 풀리며 탁 터져 나오는 음성이 예상 외로 컸던 탓인지, 그것은 마치 무슨 비명처럼 들렸기 때문이다. 그러자 문 안에 친 거적 귀퉁이가 들썩하며, 백지에 먹으로 그린

가마니때기 물건을 넣는 용기로 쓸 수 없는 헌 가마니 조각.
주검 송장. 죽은 사람의 몸.

초상화 같은 여인의 얼굴이 나타난 것이다. 살결이 유달리 희고, 눈썹이 남보다 검은 그 여인은 원구를 내다보며 좀처럼 입을 열지 않았다. 저게 동옥인가 보다고 속으로 생각하며, 여기가 김동욱 군의 집이냐는 원구의 물음에, 여인은 말없이 약간 고개를 끄덕여 보였을 뿐이다. 눈썹 하나 까딱하지 않는 그 태도는 거만해 보이는 것이었다. 동욱 군 어디 나갔습니까? 하고 재차 묻는 말에도 여인은 먼저처럼 고개만 끄덕했다. 그러고 나서 원구를 노려보듯 하는 그 눈에는 까닭 모를 모멸과 일종의 반항적 태도까지 서려 있는 것이었다. 여인이 혹시 자기를 오해하고 있지 않나 싶어, 정원구라는 이름을 밝히고 나서, 동욱과는 소학교에서 대학까지 동창이었다는 것과, 특히 소학 시절에는 거의 날마다 자기가 동욱이네 집에 놀러 가거나, 동욱이가 자기네 집에 놀러 왔다는 것을 설명해 주었다. 그래도 여인의 표정에는 별다른 변화가 없었다. 원구는 한층 더 부드러운 음성으로 혹시 동욱 군의 여동생이 아니십니까? 동옥이라구…… 하고 물었다. 여인은 세 번째 고개를 끄덕여 보인 것이다. 그리고 비로소 그 얼굴에 조소를 품은 우울한 미소가 약간 어리는 것이었다. 동욱이 어디 갔느냐니까 그제야, 모르겠는데요, 하고 입을 열었다. 꽤 맑은 음성이었다. 그러면 언제 들어올지 모르

모멸(侮蔑) 업신여기고 얕잡아 봄.
조소(嘲笑) 비웃음.

겠군요 하니까, 이번에도 동옥은 머리를 끄덕이는 것이었다. 무례한 동옥의 태도에, 불쾌와 후회를 느끼면서 원구는 발길을 돌이키는 수밖에 없었다. 동욱이가 돌아오거든 자기가 다녀갔다는 말을 전해 달라고 이르고 돌아서는 원구에게 동옥은 아무러한 인사도 하지는 않았다. 물탕˚에 젖어 꿀쩍거리는˚ 신발 속처럼 자기의 머리는 어쩔 수 없는 우울에 잠뿍 젖어 있는 것이라고 공상하며, 원구는 호박 덩굴 우거진 최뚝길˚을 걸어 나갔다. 그 무거운 머리를 지탱하기에는 자기의 목이 지나치게 가는 것같이 여겨졌다. 그것은 불안한 생각이었다. 얼마쯤 가다가 원구는 별 생각 없이 걸음을 멈추고 뒤를 돌아보았다. 안개비 속으로 바라보이는 창연한˚ 건물은 금방 무서운 비명과 함께 모로 쓰러질 것만 같았다. 자기가 발길을 돌리자 아마 쓰러질지도 모른다는 생각에, 이제나저제나 하고 집을 지켜보고 섰던 원구는, 흠칫 놀라듯이 몸을 떨었다. 창문 안에 늘인 거적을 캔버스 삼아 그림처럼 선명히 떠올라 있는 흰 얼굴이 눈에 띄었기 때문이다. 그것은 동옥의 얼굴임에 틀림없었다. 어쩌자고 동옥은 비 뿌리는 창문에 붙어 서서 저렇게 짓궂게 나를 바라보고 있는 것일까? 어려서 들은, 여우가 사람을 홀린다는 이야기가 연상되어

물탕(-湯) 흙물이 괴어 있는 곳. 또는 그 물.
꿀쩍거리다 물기가 많거나 끈기가 있는 물건을 주무르거나 누르는 소리가 자꾸 나다. 또는 그런 소리를 자꾸 내다.
최뚝길 '밭둑길'의 사투리. 밭과 밭 사이의 경계를 이루고 있거나 밭가에 둘러 있는 둑 위에 난 길.
창연하다(蒼然--) 물건 따위가 오래되어 예스러운 느낌이 은근하다.

전신에 오한을 느끼며 발길을 돌이키는 원구의 눈앞에 찢어진 지우산을 받고 다가오는 사나이가 있었다. 다행히도 그것은 동욱이었다. 찬거리를 사러 잠깐 나갔다가 오노라는 동욱은, 푸성 귀며 생선 토막이 들어 있는 저잣구럭을 한 손에 들고 있었다. 이 먼 델 비 맞고 왔다가 이렇게 돌아가는 법이 있느냐고 하며 동욱은 원구의 손을 잡아끄는 것이었다. 말할 기력조차 잃은 사람처럼 원구는 묵묵히 그 뒤를 따라갔다. 좀 전의 동옥의 수수께끼 같은 태도는 더욱 이해할 수 없는 무거운 그림자가 되어 원구의 머리를 뒤집어씌우는 것이었다. 동욱에게 재촉을 받고 방 안에 들어서는 원구를 동옥은 반항적인 태도로 힐끔 처다보는 것이었다. 물론 일어서거나 옮겨 앉으려고도 하지 않았다. 비 오는 날인 데다가 창문까지 거적때기로 가려서 방 안은 굴속같이 침침했다. 다다미 여덟 장 깔리는 방 안은, 다다미 위에다 시멘트 종이로 장판 바르듯 한 것이었다. 한켠 천장에서는 쉴 사이 없이 빗물이 떨어졌다. 빗물 떨어지는 자리에는 바께쓰가 놓여 있었다. 촐랑촐랑 쪼르륵 촐랑, 빗물은 이와 같은 연속적인 음향을 남기며 바께쓰 안에 가 떨어지는 것이었다. 무덤 속 같은 이 방 안의 어둠을 조금이라도 구해 주는 것은 그래도 빗

오한(惡寒) 몸이 오슬오슬 춥고 떨리는 증상.
지우산(紙雨傘) 종이우산.
저잣구럭 장구럭. 시장이나 상점에 물건을 살 때 들고 다니는 망태기.
다다미(疊) 마루방에 까는 일본식 돗자리.

물 소리뿐이었다. 그러나 그 빗물 소리마저, 바께쓰에 차츰 물이 늘어 갈수록 우울한 음향으로 변해 가는 것이었다. 동욱은 별로 원구와 동옥을 인사시키거나 소개하려 하지 않았다. 동욱은 젖은 옷을 벗어서 걸고, 러닝과 팬티 바람으로 식사 준비를 할 터이니 잠깐만 앉아 있으라고 하고 부엌으로 나가는 것이었다. 부엌이라야 따로 있는 것이 아니라, 비어 있는 옆방이었다. 다다미는 걷어서 벽 한구석에 기대어 놓아, 판장˙뿐인 실내에는 여기저기 빗물이 오줌발처럼 쏟아졌다. 거기에는 취사도구가 너저분하니 널려 있는 것이었다. 연기가 들어간다고 사잇문을 닫아 버리고 나서, 동욱은 풍로˙에 불을 피우느라고 부채질을 하며 야단이었다. 열 시가 조금 지난 회중시계를 사잇문 틈으로 꺼내 보이며, 도대체 조반˙이냐 점심이냐는 원구의 질문에, 동욱은 닝글닝글하며 자기들에게는 삼시˙의 구별이 없다고 했다. 언제든 배고프면 밥을 끓여 먹고, 밥 생각이 없는 날은 종일이라도 굶고 지낸다는 것이었다. 동욱이가 부엌에서 혼자 바빠 돌아가는 동안 동옥은 역시 한자리에 앉아 꼼짝도 하지 않았다. 동옥은 가끔 하품을 하며 외국에서 온 낡은 화보를 뒤적이고 있었다. 그러한 동옥이와 마주 앉아 자기는 도대체 무엇을 생각해야

판장(板牆) 널빤지로 친 울타리.
풍로(風爐) 아래에 바람구멍을 내어 불이 잘 붙게 만든 화로.
조반(朝飯) 아침밥.
삼시(三時) 아침, 점심, 저녁의 세 끼니.

하며, 또한 어떠한 포즈를 지속해야 하는가? 원구는 이런 무의미한 대좌(對坐)를 감당할 수 없어 차라리 부엌에 나가 풍로에 부채질이나마 거들어 줄까도 생각해 보는 것이었다. 그러나 그만한 행동도 이 상태로는 일종의 비약이라 적지 아니한 용기가 필요했다. 그러는 동안 원구는 별안간 엉덩이가 척척해 들어옴을 의식했다. 바께쓰의 빗물이 넘어서 옆에 앉아 있는 원구의 자리로 흘러내린 것이었다. 원구는 젖은 양복바지의 엉덩이를 만지며 일어섰다. 그제서야 동옥도 바께쓰의 물이 넘는 줄을 안 모양이다. 그러나 동옥은 직접 일어나서 제 손으로 치우려고 하지도 않았다. 앉은 채 부엌 쪽을 향해, 오빠 물 넘어, 했을 뿐이었다. 동욱은 사잇문을 반쯤 열고 들여다보며, 이년아, 네가 좀 치우지 못해? 하고 목에 핏대를 세웠다. 그러자 자기가 나서기에 절호한 기회라고 생각한 원구는, 내가 내다 버리지 하고 한 손으로 바께쓰를 들어 올렸다. 그러나 한 걸음도 미처 발을 옮겨놓을 사이도 없이 바께쓰는 철그렁 하는 소리와 함께 한옆이 떨어지며 물이 좌르르 쏟아졌다. 손잡이의 한쪽 끝 갈고리가 고리 구멍에서 벗겨진 것이었다. 순식간에 방바닥은 물바다가 되고

포즈(pose) 몸가짐이나 일정한 태도를 취하고 있는 모습.
대좌(對坐) 마주 대하여 앉음.
✤ 그만한 행동도 이 상태로는 일종의 비약이라 부엌으로 가 (동욱을 도와) 풍로에 부채질을 하는 정도의 행동만으로도 방 안의 상태(한자리에 앉아 꼼짝하지 않은 채 화보를 뒤적이고 있는 동옥과 원구가 마주 앉아 있는 상태)에 커다란 변화를 만드는 것이라.
절호하다(絶好--) 무엇을 하기에 기회나 시기 따위가 더할 수 없이 좋다.

말았다. 여태껏 꼼짝 않고 앉아 있던 동옥도 그제만은 냉큼 일어나 한 걸음 비켜서는 것이었다. 그 순간의 동옥의 동작이 예사롭지가 않았다. 원구에게 또 하나 우울의 씨를 뿌려 주는 것이었다. 원피스 밑으로 드러난 동옥의 왼쪽 다리가 어린애의 손목같이 가늘고 짧았기 때문이다. 그러한 다리를 옮겨 디디는 순간, 동옥의 전신은 한쪽으로 쓰러질 듯이 기울어지는 것이었다. 동옥은 다시 한 번 그 가늘고 짧은 다리를 옮겨 놓는 일 없이, 젖지 않은 구석 자리에 재빨리 주저앉아 버리고 말았다. 그러고는 희다 못해 파랗게 질린 얼굴에 독이 오른 눈초리로 원구를 잡아먹을 듯이 노려보는 것이었다.✽ 동옥의 시선을 피하여, 탁류˙의 대하˙ 가운데 떠 있는 것 같은 공포에 몸을 떨며, 원구는 마지막 기력을 다하여 허위적거리듯, 두 발로 물 고인 방바닥을 절벅거려 보는 것이었다.

　그 뒤로는 비가 와서 가게를 벌일 수 없는 날이면 원구는 자주 동욱이네 집을 찾아가는 것이었다. 불구인 그 신체와 같이, 불구적인 성격으로 대해 주는 동옥의 태도가 결코 대견할 리 없으면서도, 어느 얄궂은 힘에 조종당하듯이, 원구는 또다시 찾아가지 아니할 수 없는 것이었다. 침침한 방 안에 빗물 떨어지는

✽ 희다 못해 파랗게 질린 얼굴에 ~ 잡아먹을 듯이 노려보는 것이었다 동옥은 자신이 불구인 사실이 드러나게 되자 너무 화가 나서 핏기가 없어지고 독이 오른 얼굴로 원구를 노려본 것이다.
탁류(濁流) 흘러가는 흐린 물.
대하(大河) 큰 강.

소리가 듣고 싶어서일까? 동옥의 가늘고 짧은 한쪽 다리가 지니고 있는 슬픔에 중독된 탓일까? 이도 저도 아니면, 찾아갈 적마다 차츰 정상적인 데로 돌아오는 동옥의 태도에 색다른 매력을 발견한 탓일까? 정말 동옥의 태도는 원구가 찾아가는 횟수에 따라 현저히 부드러워지는 것이었다. 두 번째 찾아갔을 때 동옥은 원구를 보자 얼굴을 붉히었다. 그러고는 고개를 숙였다. 세 번째 찾아갔을 때는 원구를 보자 동옥은 해죽이 웃어 보인 것이었다. 그러나 그것은 우울한 미소였다. 찾아갈 때마다 달라지는 동옥의 태도가 원구에게는 꽤 반가운 것이었다. 인사불성에 빠졌던 환자가 제정신으로 돌아온 때처럼 고마웠다. 첫 번 불렀을 때는 눈을 감은 채 아무런 반응도 없던 환자가, 두 번째 부르자 눈을 간신히 떴고, 세 번째 불렀을 때는 제법 완전히 눈을 떠서 좌우를 둘러보다가 물 좀, 하고 입을 열었을 경우와 같은 반가움을 원구는 동옥에게서 경험하는 것이었다. 두 번째 갔을 때에는 지난번 빗물 쏟아지던 자리에 바께쓰가 놓여 있지 않았다. 그 자리에는 제창 떼꾼히 구멍이 뚫려 있었다. 주먹이 두어 개나 드나들 만한 그 구멍은 다다미에서부터 그 밑의 널판까지 뚫려 있었다. 천장에서 흘러내리는 빗물은 그 구멍을 통과하

해죽이 해죽. 만족스러운 듯이 귀엽게 살짝 한 번 웃는 모양.
인사불성(人事不省) 제 몸에 벌어지는 일을 모를 만큼 정신을 잃은 상태.
제창 저절로 알맞게.
떼꾼히 휑하니. 눈이 쑥 들어가고 생기가 없이.

여 널판 밑 흙바닥에 둔탁한 음향을 남기며 떨어졌다. 기실* 비는 여러 군데서 새는 모양이었다. 널빤지로 된 천장에는 사방에서 빗물 듣는* 소리가 났다. 천장에 떨어진 빗물은 약간 경사진 한쪽으로 흘러오다가 소 눈깔만 한 옹이구멍*으로 새어 흐르는 것이었다. 그날만 해도 원구와 동욱이가 주고받는 말에 비교적 냉담한 동옥이었다. 그러나 세 번째 갔을 때부터는 원구와 동욱이가 웃을 때는 함께 따라 웃어 주는 것이었다. 간혹 한두 마디씩은 말추렴*에도 들었다. 그날은 일찌감치 저녁을 얻어먹고 돌아오려고 하는데, 비가 하도 세차게 퍼부어서 자고 오는 수밖에는 없었다. 한 손에 우산을 들고 선 채, 회색 장막을 드리운 듯, 비에 뿌예진 창밖을 내다보며 망설이고 있는 원구의 귀에, 고집 피우지 말고 자고 가라는 동욱의 말에 뒤이어, 이런 비에는 앞 도랑에 물이 불어서 못 건너십니다, 하는 동옥의 음성이 들린 것이었다. 그날 밤 비로소 원구는 가벼운 기분으로 동옥에게 말을 걸 수가 있었던 것이다. 언제부터 그림 공부를 했느냐니까, 초상화 따위가 뭐 그림인가요, 하고 그 우울한 미소를 지어 보이는 것이었다. 원구는 동옥의 상처를 건드릴 만한 말은 일절 꺼내지 않았다. 어렸을 때 얘기가 나서 어딜 가나 강아지 새끼

기실(其實) 실제에 있어서.
듣다 눈물, 빗물 따위의 액체가 방울져 떨어지다.
옹이구멍 목재의 옹이가 빠져서 생긴 구멍.
　옹이 나무의 몸에 박힌 가지의 밑부분.
말추렴 다른 사람이 말하는 데 한몫 끼어들어 말을 거드는 일.

처럼 쫓아다니는 동옥이가 귀찮았다는 말을 하고, '중중 때때 중'을 자랑스레 부르고 다녔다니까 동옥의 눈이 처음으로 티 없이 빛나는 것이었다. 갑자기 동욱이가 '중중 때때중' 하고 부르기 시작하자 동옥도 가느단 소리로 따라 부르는 것이었다. 노랫소리가 그치고 나니 방 안에는 빗물 떨어지는 소리가 유달리 크게 들렸다. 비가 들이치는 바람에 바깥 벽 판장 틈으로 스며드는 물은 실내의 벽 한구석까지 적시기 시작하는 것이었다. 그런데 이상한 것은 동옥을 대하는 동욱의 태도였다. 대수롭지 않은 일에도 이년 저년 하고 욕을 퍼붓는 것이다. 부엌에서 들여보내는 음식 그릇을 한 손으로 받는다고 해서, 이년아, 한 손으로 그러다가 또 떨어뜨리고 싶으냐, 하고 눈을 흘겼고, 남포에 불을 켜는데, 불이 얼른 댕기지 않아 성냥알을 두 개비째 꺼내려니까, 저년은 밥 처먹구 불두 하나 못 켜, 하고 노려보는 것이었다. 그럴 때마다 동옥은 말없이 마주 눈을 흘겼다. 빨래와 바느질만은 동옥의 책임이지만 부엌일은 언제나 동욱이가 맡아한다는 것이었다. 동옥이가 변소에 간 틈에, 될 수 있는 대로 위로해 주지 않고 왜 그리 사납게 구느냐니까, 병신 고운 데 없다고 그년 맘 쓰는 게 모두가 틀렸다는 것이다. 우선 그림 값만 하더라도 얼마 전까지는 받아 오면 반씩 꼭 같이 나눠 가졌는데,

---

남포 남포등. 석유를 넣은 그릇의 심지에 불을 붙이고 유리로 만든 등피를 끼운 등.
댕기다 불이 옮아 붙다. 또는 그렇게 하다.
✤ 병신 고운 데 없다 몸이 성하지 못한 사람은 마음도 바르지 못하다는 뜻의 속담이다.

근자에 와서는 동욱을 신용할 수가 없다고 대소에 따라 한 장에 얼마씩 또박또박 선금을 받고야 그려 준다는 것이었다. 생활비도 둘이 꼭 같이 절반씩 부담한다는 것이다. 동옥은 자기가 병신이기 때문에 부모 말고는 자기를 거두어 오래 돌봐 줄 사람이 없으리라는 것이다. 오빠도 언제든 자기를 버릴 것이 아니겠느냐! 그렇기 때문에 자기는 자기대로 약간이라도 밑천을 장만해 두어야 비참한 꼴을 면하지 않겠느냐고 한다는 것이었다. 그러한 동옥의 심중을 생각할 때, 헤어져 있으면 몹시 측은하기도 하지만, 이상하게 낯만 대하면 왜 그런지 안 그러리라 안 그러리라 하면서도 동욱은 다자꾸 화가 치민다는 것이다. 동옥은 불을 끄고는 외로워서 잠을 이루지 못한다고 했다. 반대로 동욱은 불을 꺼야만 안심하고 잠을 들 수가 있다는 것이었다. 동욱은 어둠만이 유일한 휴식이노라 했다. 낮에는 아무리 가만하고 앉았거나 누워 뒹굴어도 걸레처럼 전신에 배어 있는 피로가 가시지 않는다는 것이었다. 그러한 동욱은 심지를 낮추어서 희미하게 켜 놓은 불빛에도 화를 내어, 이년아, 아주 꺼 버리지 못해 하고 소리를 질렀다. 동옥은 손을 내밀어 심지를 조금 더 낮추었다. 그리고 나서, 누가 데려오랬나 차라리 어머니하고 거기 있을 걸 괜히 왔지,*

근자(近者) 요 얼마 되는 동안.
✤ 누가 데려오랬나 차라리 어머니하고 거기 있을 걸 괜히 왔지 동욱은 1·4 후퇴 때 동옥을 데리고 남한으로 내려왔는데, 동옥은 그때의 일을 원망하면서 차라리 어머니와 고향에 남아 있으면 좋았을 것이라고 말하고 있는 것이다.

하고 쫑알대는 것이었다. 그러자 동욱은 벌떡 일어나며, 이년, 다시 한 번 그 주둥일 놀려 봐라, 나두 너 같은 년 끌구 오구 싶지 않았다, 어머니가 하두 애원하시듯, 다 버리구 가더래두 네년만은 데리구 가라구 하 조르기에 끌고 와 이 꼴이다, 하고 골을 내는 것이었다. 동옥은 말없이 저편으로 돌아누웠다. 어렴풋이 불빛이 있음에도 불구하고 어둠이 가슴을 내리누르는 것 같아서 원구는 오래도록 잠을 이룰 수가 없었다. 동욱도 잠이 안 오는 모양이었다. 동옥 역시 필경 잠이 들지 않았으련만 죽은 듯이 가만하고 있었다. 후두둑후두둑 유리 없는 창문으로 들이치는 빗소리를 들으며, 사십 주야를 비가 퍼부어서 산꼭대기에다 배를 묶어 둔 노아네 가족만이 남고 세상이 전멸을 해 버렸다는, 구약 성경에 나오는 대홍수를 원구는 생각해 보는 것이었다. 그러다가 어렴풋이 잠이 들려고 하는 때였다. 커다란 적선으로 생각하고, 동옥과 결혼할 용기는 없는가? 하는 동욱의 음성이 잠꼬대같이 원구의 귀를 스쳤다. 원구는 눈을 떴다. 노려보듯이 천장을 바라보며 그는 반듯이 누워 있었다. 동욱의 입에서 다시 무슨 말이 흘러올지도 모른다는 긴장을 느끼면서. 그러나 동욱은 아무 말이 없었다. 빗물 떨어지는 소리만이 여전히 계속되고 있을 뿐이었다. 원구가 또다시 간신히 잠이 들락 할

하 정도가 매우 심하거나 큼을 강조하여 이르는 말. 아주. 몹시.
적선(積善) 1. 착한 일을 많이 함. 2. 동냥질에 응하는 일을 좋게 이르는 말.

때였다. 발치 쪽에서 빠드득빠드득 하는 이상한 소리가 났다. 원구는 정신을 바짝 차리고 귀를 재웠다. 뱀에게 먹히는 개구리 소리 비슷한 그 소리는 뒷벽 켠에서 들리는 것이었다. 원구는 이번에는 상반신을 일으키고 앉아 귀를 기울이는 것이었다. 그 바람에 동욱이도 눈을 떴다. 저게 무슨 소리냐고 한즉, 뒷방의 계집애가 자면서 이 가는 소리라는 것이다. 이 뒷방에도 사람이 사느냐니까, 육순이 넘은 노파가 열두 살 먹은 손녀를 데리고 산다고 했다. 그 노파가 바로 이 집 주인인데, 전차˙ 종점 나가는 길목에 하꼬방˙ 가게를 내고, 담배, 성냥, 과일, 사탕 같은 것들을 팔아서 근근이˙ 생활해 가고 있다는 것이었다. 뒷집 소녀는 잠만 들면 반드시 이를 간다는 것이었다. 동욱도 처음 며칠 밤은 그 소리에 골치를 앓았지만, 요즘은 습관이 되어 괜찮노라고 했다. 이러한 방에서 빗물 떨어지는 소리와 이 가는 소리를 듣고 지내면 아무라도 신경과민˙이 될 것이라고 생각하며, 원구는 좀 전에 동욱이가 잠꼬대처럼 한 말의 의미를 되새겨 보는 것이었다.

사오 일 지나서였다. 오래간만에 비가 그치고 제법 날이 훤해져서, 잡화˙를 가득 벌여 놓은 리어카를 지키고 섰노라니까, 다 저녁때 원구의 어깨를 치는 사람이 있었다. 동욱이었다. 그는

전차(電車) 공중에 설치한 전선으로부터 전력을 공급받아 지상에 설치된 궤도 위를 다니는 차.
하꼬방〔箱房〕 판자 등으로 허술하게 지은, 상자 같은 작은 방.
근근이(僅僅-) 어렵사리 겨우.
신경과민(神經過敏) 미약한 자극에도 민감한 반응을 보이는 신경 계통의 불안정한 상태.
잡화(雜貨) 일상생활에서 쓰는 잡다한 물품.

역시 소매와 깃이 다 처진 저고리와 검은 줄이 간 회색 즈봉을 입고 있었다. 옷이라고는 그것밖에 없는 모양이라, 비에 젖은 것을 그냥 짜서 말리곤 해서 여기저기 구김살이 져 있었다. 그보다는 괴이한 채플린 식의 그 검정 단화의 주먹 같은 코숭이가 말이 아니었다. 장화 대용으로 진창을 막 밟고 다녀서 온통 흙투성이였다. 그러한 동욱의 꼴에, 원구는 이상하게 정이 갔다. 리어카를 주인집에 가져다 맡기고 와서 저녁을 같이 하자고 원구는 동욱의 손을 끌었다. 동욱은 밥보다도 술 생각이 더 간절하다고 했다. 두 가지 다 먹을 수 있는 집으로 원구는 동욱을 안내했다. 술이 몇 잔 들어가 얼근해지자 동욱은 초상화 '주문 도리˙'를 폐업했노라고 했다. 요즘은 양키들도 아주 약아져서 까딱하면 돈을 잘리거나 농락당하기가 일쑤라는 것이다. 거기에다 패스˙ 없는 사람의 출입을 각 부대가 엄중히 단속하기 때문에 전처럼 드나들 수가 없다는 것이었다. 며칠 전에는 돈 받으러 몰래 들어갔다가 순찰 장교에게 걸려서 하룻밤 몽키 하우스˙의 신세를 지고 나왔다는 것이다. 더구나 요즈음은 국민병˙ 수첩까지

도리 '받음'을 의미하는 일본어.
패스(pass) 통행권.
몽키 하우스(monkey house) 법을 어긴 군인을 가두기 위하여 부대 안에 설치한 감옥인 '영창'을 가리키는 은어.
국민병(國民兵) 국민방위군 소속의 병사. 6·25 전쟁 때 중공군의 개입으로 전세가 불리해지자 우리 정부는 17세부터 40세까지의 장정 50만 명을 정식 군대가 아닌 국민방위군에 편성하였다. 이들은 1951년 1·4 후퇴 때 걸어서 부산까지 후퇴했는데, 국민방위군의 장교들이 이들에게 할당된 예산과 물자를 착복하여 9만 명 이상이 굶어 죽거나 얼어 죽었다. 이후 이들은 해산되었고, 전시 상황에서 국민병 수첩은 병역을 회피할 수 있는 신분증 역할을 하였다.

분실했으므로 마음 놓고 거리에 나와 다닐 수도 없다는 것이다.*
분실계를 내고 재교부 신청을 하라니까, 그 때문에 동회로 파출소로 사오 차나 쫓아다녀 봤지만 까다롭게만 굴고 잘 들어 주지 않는다는 것이다. 까짓 거 나중에는 삼수갑산엘 갈망정 내버려 둘 테라고 했다. 그래 차라리 군에라도 들어가 버릴까 싶어, 마침 통역 장교를 모집하기에 그 원서를 타러 나왔던 길이노라고 했다. 어디 원서를 좀 구경하자니까 동욱은 닝글닝글 웃으며, 수속이 하두 복잡하고 번거로워 아예 단념하고 말았다는 것이다. 동욱은 한동안 말이 없이 술잔을 빨고 앉았다가, 가끔 찾아와서 동옥을 좀 위로해 주라는 것이었다. 세상 사람들이 모두 자기를 조소하고 멸시한다고만 생각하고 있는 동옥은 맑은 날일지라도 일체 바깥출입을 않고 두더지처럼 방에만 처박혀 산다는 것이다. 그리고 모든 사람에게 반감을 품고 있다는 것이다. 그러한 동옥도 원구만은 자기를 업신여기지 않고 자연스레 대해 준다고 해서 자주 찾아와 주기를 여간 기다리지 않는다고 했다. 초상화가 팔리지 않게 된 다음부터의 동옥은, 초조와 불안

✽ 마음 놓고 거리에 나와 다닐 수도 없다는 것이다 전쟁 중이던 당시에는 젊은이는 의무적으로 군에 입대해야 했기에 거리에서 수시로 검문이 이루어졌고, 검문을 당했을 때 국민병 수첩과 같은 증명서가 없을 경우 젊은이들은 그 자리에서 군에 끌려갔다. 그렇기 때문에 국민병 수첩을 잃어버린 동욱은 마음대로 거리를 돌아다닐 수도 없다는 것이다.
분실계(紛失屆) 분실한 사실을 관공서에 알리는 서류.
재교부(再交付) 한 번 내준 증명서 따위의 서류를 다시 내줌.
삼수갑산(三水甲山) 우리나라에서 가장 험한 산골이라 이르던 삼수와 갑산. 여기에서의 '삼수갑산에 갈 망정'은 자신에게 닥쳐올 어떤 위험도 무릅쓰고라도 어떤 일을 하려 할 때 쓰는 표현이다.
반감(反感) 반대하거나 반항하는 감정.

속에서 한층 더 자신의 고독을 주체하지 못해 쩔쩔맨다는 것이었다. 동욱은 그러한 동옥이가 측은해 못 견디겠노라 했다. 언젠가처럼, 내가 자네람 동옥이와 결혼할 테야, 암 하구말구, 하고 동욱은 고개를 주억거리는 것이었다. 술집을 나와서 동욱은 이번에도 원구의 손을 꼭 쥐고 자기는 기어코 목사가 되겠노라고 했다. 동옥을 위해서나 자기 자신을 위해서나 그것만이 이 무거운 짐을 조금이라도 덜 수 있는 유일한 길인 것 같다는 것이었다.

그 뒤에 한번은 딴 볼일로 동래까지 갔던 길에 동욱이네 집에 잠깐 들른 일이 있었다. 역시 그날도 장맛비는 구질구질 계속되고 있었다. 우산을 접으며 마루에 올라서도, 동욱만이 머리를 내밀고 맞아 줄 뿐, 동옥의 기척이 없었다. 방에 들어가 보니, 동옥은 담요로 머리까지 푹 뒤집어쓰고 죽은 사람처럼 누워 있었다. 이틀째나 저러고 자빠져 있다고 하며 동욱은 그 까닭을 설명했다. 동옥은 뒷방에 살고 있는 주인 노파에게, 동욱이도 모르게 이만 환이나 빚을 주고 있었는데, 노파는 이 집까지도 팔아먹고 귀신같이 도주해 버렸다는 것이다. 어제 아침에 집을 산 사람이 갑자기 이사를 왔기 때문에 그 사실을 알았는데, 이게 또한 어지간히 감때사나운 자여서, 당장 방을 비워 내라고

주체하다 짐스럽거나 귀찮은 것을 능히 처리하다.
환(圜) 우리나라의 옛 화폐 단위. 1환은 1전(錢)의 100배이다. 1953년 2월 15일부터 1962년 6월 9일까지 통용되었다.
감때사납다 사람이 억세고 사납다.

위협하듯 한다는 것이다. 말을 마치고 난 동욱은, 요 맹꽁이 같은 년아, 글쎄 이게 집이라고 믿고 돈을 줘, 하고 발길로 동옥의 옆구리를 걷어찼다. 이년아, 이만 환이면 구화로 얼만 줄 아니, 이백만 환이다, 이백만 환이야, 내 돈을 내가 떼였는데 오빠가 무슨 상관이냐구? 그래 내가 없으면 네년이 굶어 죽지 않구 살 테냐? 너 같은 병신이 단 한 달을 독력으루 살아? 동욱은 다시 생각을 해도 악이 받치는 모양이었다. 원구를 위해 동욱은 초밥을 만든다고 분주히 부엌으로 들락날락했으나, 원구는 초밥을 얻어먹자고 그러고 앉아 견딜 수는 없었다. 그보다도 동옥이 이틀 동안이나 아무것도 먹지 않고 저러고 누워 있다고 하니, 혹시 동욱이가 잠든 틈에라도 몰래 일어나 수면제 같은 것을 먹고 죽어 있지나 않는가 싶어 불안한 생각이 솟았다. 원구는 조금이라도 더 앉아 견디기가 답답해서 자리를 일어서며, 아무래도 방을 비워 주어야 하겠거든, 자기도 어디 구해 보겠노라고 하니까, 동옥이가 인가(人家) 많은 데를 싫어하기 때문에 이 근처에다 외딴집을 구하는 수밖에 없다는 동욱의 대답이었다.

그 뒤로는 원구도 생활에 위협을 느끼기 시작했다. 한 달 가까이나 장마로 놀고 보니, 자연 시원치 않은 장사 밑천을 그럭저럭 축내게 된 것이다. 원구가 얻어 있는 방도 지리한 비에 습

구화(舊貨) 예전의 돈.
독력(獨力) 혼자의 힘.
지리하다 지루하다.

기로 눅눅해졌다. 벗어 놓은 옷가지며 이부자리에까지도 곰팡이가 끼었다. 그의 마음속에까지 곰팡이가 스는 것 같았다.* 이런 날 이런 음산한* 방에 처박혀 있자니, 동욱과 동옥의 일이 자연 무겁고 우울하게 떠오르는 것이었다. 점심때가 거의 되어서 원구는 퍼붓는 비를 무릅쓰고 집을 나섰다. 오늘은 동욱이와 마주 앉아 곰팡이 슨 속을 씻어 내리며, 동옥이도 위로해 줘야겠다고 생각하고, 원구는 술과 통조림을 사 들고 찾아갔다. 낡은 목조 건물은 전과 마찬가지로 금방 쓰러질 듯이 빗속에 서 있었다. 유리 없는 창문에는 거적도 그대로 드리워 있었다. 그러나, 동욱이, 하고 원구가 불렀을 때, 곰처럼 마루로 기어 나오는 사나이는 동욱이가 아니었다. 이 집에서 살던 젊은 남녀는 어디 갔느냐는 원구의 물음에, 우락부락하게는 생겼으되 맺힌 데가 없이 어딘가 허술해 보이는 사십 전후의 그 사나이는, 아하 당신이 정(丁) 뭐라는 사람이냐고 하고, 대답 대신 혼자 머리를 끄덕끄덕하는 것이었다. 원구가 재차 묻는 말에 사나이는 자기가 이 집 주인이노라 하고 나서, 동욱은 외출한 채 소식 없이 돌아오지 않게 되었고, 그 뒤 동옥 역시 어디로 가 버렸는지 모르겠다는 것이었다. 동욱이가 안 돌아오는 지는 열흘이나 되었고, 동옥은 바로 이삼 일 전에 나갔다는 것이다. 원구는 더 무슨

---

* 그의 마음속에까지 곰팡이가 스는 것 같았다 곰팡이는 어둡고 습한 곳에서 발생하므로, 이는 원구의 마음이 어둡고 울적해진다는 의미이다.
음산하다(陰散--) 분위기 따위가 을씨년스럽고 썰렁하다.

말이 없이 서 있었다. 한 손에 보자기 꾸러미를 들고 한 손으로는 우산을 받고 선 채, 원구는 사나이의 얼굴만 멍하니 바라보는 것이었다. 원구는 그대로 발길을 돌려 몇 걸음 걸어 나가다가 되돌아와 보자기에 싼 물건을 끌러 주인 사나이에게 주었다. 이거 원, 이거 원, 하며 주인 사나이는 대뜸 입이 헤벌어졌다. 그러고는 자기 여편네와 아이들이 장사 나갔기 때문에 점심 한 그릇 대접할 수는 없으나, 좀 올라와 담배라도 피우고 가라고 권하는 것이었다. 무슨 재미로 쉬어 가겠느냐고 하며 원구가 돌아서려니까, 주인은, 잠깐만 하고 불러 세우고 나서, 대단히 죄송하게 되었노라고 하며 사실은 동옥이가 정 누구라고 하는 분이 찾아오면 전해 달라고 편지를 맡기고 갔는데, 그만 간수를 잘못해서 아이들이 찢어 없앴다는 것이다. 그래도 아무 말을 않고 멍하니 서 있는 원구를, 주인 사나이는 무안한 눈길로 바라보며 동욱은 아마 십중팔구 군대에 끌려 나갔을 거라고 하고, 동옥은, 아이들처럼 어머니를 부르며 가끔 밤중에 울기에, 뭐라고 좀 나무랐더니 그 다음 날 저녁에 어디론가 나가 버렸다는 것이다. 죽지나 않았을까, 자살을 하든, 굶어 죽든…… 하고 혼잣말처럼 중얼거리며 돌아서는 원구의 등에다 대고, 중요한 옷가지랑은 꾸려 가지고 간 모양이니 자살할 의사는 없었음이 분명하고, 한편 병신이긴 하지만, 얼굴이 고만큼 밴밴하고서야,

---

밴밴하다 반반하다. 생김새가 얌전하고 예쁘장하다.

어디 가 몸을 판들 굶어 죽기야 하겠느냐고 주인 사나이는 지껄이는 것이었다. 얼굴이 고만큼 뺀뺀하고서야 어디 가 몸을 판들 굶어 죽기야 하겠느냐는 말에, 이상하게 원구는 정신이 펄쩍 들어, 이놈 네가 동옥을 팔아먹었구나, 하고 대들 듯한 격분을 마음속 한구석에 의식하면서도, 천 근의 무게로 내리누르는 듯한 육체의 중량을 감당할 수 없어 그는 말없이 발길을 돌이켰다. 이놈, 네가 동옥을 팔아먹었구나, 하는 흥분한 소리가 까마득히 먼 곳에서 자기를 향하고 날아오는 것 같은 착각에 오한을 느끼며, 원구는 호박 덩굴 우거진 밭두둑 길을 잃고 난 사람 모양 허전거리는 다리로 걸어 나가는 것이었다.

■ 「문예」(1953. 11) ; 『비 오는 날』(일신사, 1959)

격분(激憤) 몹시 분하고 노여운 감정이 북받쳐 오름.
✤ 이놈, 네가 동옥을 팔아먹었구나, 하는 ~ 자기를 향하고 날아오는 것 같은 착각 원구는 동옥에 대해 좀 더 적극적인 관심을 갖지 못한 자신을 탓하면서 죄의식을 느끼고 있다.
허전거리다 다리에 힘이 아주 없어 쓰러질 듯이 계속 걷다.

비 오는 날  작품 해설

●등장인물 들여다보기

원구

원구는 월남민으로 피난지에서 리어카 노점상을 하면서 생계를 유지하고 있는 인물입니다. 그는 우리 주변의 사람들 혹은 소설의 일반적 주인공과는 구별되는 매우 독특한 인물입니다.

첫째, 그는 이 세계에 대해 슬픔과 우울만을 느끼는 인물입니다. 빗소리를 "우울한 음향"이라 생각하고, 동옥의 소아마비 다리를 "우울의 씨"라고 생각하는가 하면, 우연히 만난 고향 친구인 동욱과 그의 여동생 동옥을 자주 방문하게 된 이유 중 하나로 "슬픔에 중독된 탓"이라고 말합니다. 그에게는 이 세계의 모든 것이 슬픔과 우울로만 다가오는 것입니다.

둘째, 그는 삶의 희망이나 가치를 잃어 삶에 대한 적극적 의욕을 상실한 인물입니다. 그는 불구적인 성격의 동옥이 찾아갈 적마다 차츰 정상적인 태도로 변하는 것에 이끌립니다. 그러나 그것을 통해 삶의 의욕을 되찾거나 동욱 남매에 대한 애정을 구체적으로 실천하지 못합니다. 동옥이 돈을 사기당하고, 살던 집에서 쫓겨나게 되었을 때 동욱 남매에게 방을 구해 보자고 약속하지만 적극적인 노력을 하지 않으며 결국 그들을 불행으로부터 구해 주지 못하는 것입니다.

셋째, 그렇다고 그가 윤리적 가치나 애정을 완전히 저버린 인물

도 아닙니다. 마지막 장면에서 동옥이 새 집주인에게 쫓겨나 어디로 갔는지 모르게 되었을 때, 그는 자신의 탓이라고 생각하며 괴로워하는 모습을 보이기도 합니다.

원구의 이러한 모습은 6·25 전쟁과 밀접한 관련이 있습니다. 원구는 6·25 전쟁으로 모든 것을 잃고 희망 없는 삶을 살아가는 인물인 것입니다.

동욱

동욱은 원구의 소학교부터 대학교까지의 동창으로, 1·4 후퇴 때 소아마비 여동생 동옥을 데리고 월남한 인물입니다. 동욱 또한 매우 이색적인 인물로서 희극적이라는 데 그 특성이 있습니다.

그는 국민병 사건으로 죽을 고생을 한 인물로서 전시하에서 군 징집을 피할 수 있는 국민병 수첩을 잃어버려 언제 군대에 끌려갈지 모르는 불안한 상황에 처해 있습니다(작품 끝에서 동욱이 갑자기 사라진 것은 아마도 그가 군대에 징집된 것을 의미할 것입니다). 또한 그는 동생을 건사해야 하지만 생활 능력을 상실하여 오히려 그녀의 도움으로 살아가고 있습니다. 그러면서 신체가 불구인 여동생을 이해하고 잘해 주려는 생각은 간절하지만, 종종 대수롭지 않은 일에 동생에게 화를 내고 욕을 퍼붓기도 합니다.

그런데 동욱은 이 모든 짐으로부터 벗어나기 위해 목사가 되겠노라고 하면서도 술을 사랑하는가 하면, 희극 배우 찰리 채플린을 연상케 하는 옷차림을 하고 있는 등 쓴웃음을 자아내게 하는 인물입니다. 동욱이 우스운 이유는 동욱의 태도와 옷차림 등이 부조화를 이루고 있기 때문입니다. 자신으로서는 어찌할 수 없는 곤경에 처했을 때 사람들은 당황하여 허둥대기 마련이고, 이런 모습은 보는 이로 하여금 웃음을 자아내게 만들곤 합니다. 동욱은 바로 곤경에 처한 인간이 보여 주곤 하는 이런 희극성을 구현하고 있는 인물인 것입니다.

동옥

동옥은 육체적, 정신적 불구자입니다. 소아마비로 한쪽 다리를 저는 불구자로 남의 이목을 피하여 방 안에만 처박혀 살고 있지요. 또한 동옥은 그 육체적 불구로 인해, 그리고 월남하여 아무도 보살펴 줄 수 없는 상황에 처한 것으로 인해 정신적으로도 불구의 상태에 있습니다. 그녀는 원구에게 "까닭 모를 모멸과 일종의 반항적 태도"를 보였듯이 세계와 타인에 대해 적대적으로 반응하며, 오빠마저도 자신을 떠날 것이라고 생각해 믿지 않습니다.

그러던 그녀가 원구의 잦은 방문으로 인해 점차 변화하는 모습을 보이며 일말의 희망을 보여 주기도 합니다. 그러나 옆집 노파에게 사기를 당하고, 오빠마저 갑작스럽게 사라지자 그녀의 희망은 물거품이 됩니다. 작가는 매우 잔인하게도 삶에는 어떤 희망도 없다고 주장하고 있는 것인데, 이는 손창섭 소설의 일관된 주제입니다.

원구가 그저 고통을 감내하듯이, 그리고 동욱이 어찌할지 몰라 희극적인 모습을 보이다가 갑자기 사라져 버리듯이, 동옥 역시 불행으로부터 벗어나지 못하는 것은 6·25 전쟁 당시 우리 민족의 삶이 얼마나 희망 없는 삶이었는가를 보여 준다고 할 수 있습니다.

● 작품 Q&A

"선생님, 궁금해요!"

Q 이 작품의 시간적, 공간적 배경은 어떻게 되나요?

A 이 작품의 배경과 관련하여 일차적으로 알아 두어야 할 것은, 이 작품이 6·25 전쟁 당시의 피난지 부산 동래 부근의 외딴 마을을 시간적, 공간적 배경으로 삼고 있다는 점입니다. 이는 작품 속에 등장하는 '동래'라는 지명과 "지난번 1·4 후퇴 당시 데리고 왔는데", "국민병 수첩까지 분실했으므로" 등의 표현을 통해서, 그리고 등장인물들이 하루하루 임시방편으로 생활하는 것을 통해서 알 수 있습니다.

지금으로서는 상상하기 힘들지만 3년간 계속되었던 6·25 전쟁은 수백만 명의 희생자를 낸 엄청난 재난으로, 당시의 상황은 그야말로 폐허였습니다. 자신의 고향을 떠나 이념 때문에, 혹은 살기 위해서 북으로 간 사람도 있고 남으로 내려온 사람도 있습니다. 그리고 전쟁의 와중에서 평상시에는 상상할 수도 없는 비윤리적이고 비인간적인 행위들이 벌어졌습니다. 물질적으로나 정신적으로나 초토화의 상황이었지요. 이 작품은 이러한 전시 상황을 배경으로 삼고 있습니다. 등장인물 모두 월남한 사람들이고, 동욱이 9만 명 이상이 굶어 죽거나 얼어 죽은 국민병 출신이라는 점은 이를 잘 보여 줍니다.

Q 작품의 분위기가 왜 이렇게 음침하지요? 작품의 분위기와 관련하여 시간적, 공간적 배경에 대해 좀 더 자세히 설명해 주세요.

A 작품의 시간적, 공간적 배경은 원경과 근경으로 나누어 살펴볼 필요가 있습니다. 근경은 사건이 발생하는 직접적인 배경, 즉 가까운 배경을 의미하고, 원경은 작품을 둘러싸고 있는 좀 더 큰 배경을 의미합니다.

앞서 설명한 배경인 1·4 후퇴 후 황폐화된 피난지 부산 동래 부근의 외딴 마을이 바로 이 작품을 둘러싸고 있는 큰 배경, 즉 일종의 원경이라고 할 수 있습니다. 반면 이 작품에서 사건이 발생하는 구체적인 시간적, 공간적인 배경, 즉 근경은 "금방 무서운 비명과 함께 모로 쓰러질 것만" 같은 낡은 목조 건물, "굴속 같이 침침"하며 "무덤 속 같은" 방 안, 그리고 40일간 비가 계속해서 내리는 장마철입니다.

작품을 읽을 때 음침하다고 느끼게 되는 이유는 바로 이런 구체적인 배경 때문입니다. 작가는 작중 인물뿐만 아니라 배경 역시 매우 음산하고 어둡고 우울하게 묘사했습니다. 어두침침한 '방'과 우울을 자아내는 '비'는 당대의 암담한 현실과 분위기를 드러내 줍니다. 작가가 당대의 현실을 얼마나 암담하게 보았는가는 이 작품이 40일간의 장맛비가 내리는 가운데 전개되는 것을 보면 알 수 있습니다. 40일간의 장맛비란 6·25 전쟁을 상징한다고 볼 수도 있는데, 원구는 빗소리를 들으며 노아의 홍수를 떠올립니다. 즉, 작가는 6·25 전쟁 혹은 당시의 현실을 노아의 홍수와 같은 대재난으로 보았던 것입니다.

Q 인물들의 태도가 잘 이해되지 않아요. 동욱은 왜 친구인 원구에게는 친절하면서 친동생인 동옥에게는 못되게 구는 것일까요? 또 동옥은 왜 처음에는 원구를 그렇게 차갑게 대한 것일까요?

A 동욱은 국민병 수첩을 잃어버려 언제 군대에 끌려갈지 모르는 상황이고, 동옥은 불구의 몸으로 집 안에서만 생활하고 있습니다. 동욱이 초상화를 그리는 일거리를 가져오면 동옥이 그림을 그리며 버는 돈으로 둘은 근근히 살아가고 있지요. 요컨대, 동욱과 동옥은 6·25 전쟁으로 인해 고향에서 떠나와 모든 삶의 기반을 잃은 채, 불안하고 궁핍한 삶을 살아가는 인물들입니다. 난생처음 경험하는 그 불안함과 궁핍함으로 인해 서로 불신하고 못되게 구는 것이라 할 수 있습니다.

그러나 동욱이 동옥을 미워하는 것만은 아니라는 점에 주목할 필요가 있습니다. 원구를 만났을 때 동욱은 "동옥이년이 정말 가엾어."라는 말을 되풀이합니다. 이는 동욱의 진심에서 우러나온 말이죠. 또 원구에게 동옥과 결혼할 것을 여러 번 권유하기도 하는데, 이는 동옥에 대한 책임을 원구에게 떠맡기려는 의도에서 한 말만은 아닙니다. 동욱은 동옥을 진정으로 사랑하고 불쌍히 여기고 있습니다. 바로 그렇기 때문에, 믿을 수 있는 친구인 원구에게 동옥과의 결혼을 권유하는 것이죠. 흔히 사람들은 사랑하는 사람에게 아무것도 해 주지 못할 때 미안한 감정 때문에 오히려 화를 내는가 하면, 사랑하기 때문에 더 미워하곤 합니다. 인간은 완전한 존재가 아니기에 이처럼 이해하기 힘든 행동들을 하는데, 동욱은 바로 이러한 불완전한 인간의 모습을 보여 줍니다. 즉, 동욱이 동옥에게 못되게

구는 것은 불안함과 궁핍함을 동생 탓으로 생각하기 때문이기도 하지만, 또 한편으로는 사랑하는 사람을 오히려 미워하게 되는 인간의 불완전함 때문이기도 한 것입니다.

자, 이번에는 원구에 대한 동옥의 태도를 살펴볼까요? 동옥이 처음에 원구를 차갑게 맞이한 이유는 그녀에게 닥친 불행이 너무 커서 인간을 믿지 못하게 되었다는 점에 있습니다. 그 불행이 얼마나 큰지는 그녀에 대한 묘사에서 잘 드러납니다. 그녀는 "백지에 먹으로 그린 초상화 같은 여인의 얼굴"을 하고 있는 것으로 묘사되고, 좀처럼 말을 하지 않습니다. 너무 큰 충격을 받았을 때 사람들은 할 말을 잃어버리고 얼굴의 핏기가 사라지곤 합니다. 동옥은 바로 그런 인간의 상태를 그대로 보여 주는 인물입니다. 동옥은 불을 끄고는 잠을 이루지 못하는데, 이 또한 고통 받는 인간이 어둠을 두려워하는 모습을 보이는 것처럼, 그녀의 내면 깊이 간직하고 있는 고통과 두려움을 드러내 줍니다. 이러한 동옥이 낯선 사람에게 차갑게 대하는 것은 당연한 현상이라 할 수 있을 것입니다.

Q 원구는 왜 동옥에게 좀 더 적극적인 태도를 보이지 않는 것일까요?

A 처음 원구를 대할 때 동옥은 "까닭 모를 모멸과 일종의 반항적 태도"를 보입니다. 그러나 원구가 두 번째 찾아갔을 때 동옥은 얼굴을 붉히고, 세 번째 찾아갔을 때는 해죽이 웃어 보이기까지 합니다. 원구는 동옥에게 관심을 가지고 있었고, 동옥 역시 원구로 인해 활기를 되찾아 갑니다. 원구와 동옥이 연인 관계로 발전할 수도

있었지만 원구가 적극적인 태도를 보이지 않음으로 인해 결국 둘은 맺어지지 못합니다. 그렇다면 원구는 왜 동옥에게 좀 더 적극적인 태도를 보이지 않았을까요? 이에 대한 답은 일차적으로 원구라는 인물의 성격에서 찾을 수 있습니다.

원구는 고향을 떠나 낯선 곳에서 리어카 행상으로 생계를 꾸려 가고 있습니다. 앞서 등장인물 소개 부분에서 말씀드렸듯이 그가 세상에 대한 갖는 감정은 주로 우울과 슬픔인데, 우울이나 슬픔이라는 감정은 무언가 소중한 것을 상실했을 때 갖게 되는 감정입니다. 그렇다면 원구는 무엇을 잃은 것일까요? 우선 그는 6·25 전쟁으로 인해 고향을 잃었습니다. 그리고 직접적으로 제시되고 있지는 않지만 전후 황폐화된 피난지에서 살아가며 적극적인 희망이나 삶의 가치를 잃었습니다. 원구가 빗소리를 들으며 "세상이 전멸해 버렸다는, 구약 성경에 나오는 대홍수"를 떠올리는 것은 적극적인 희망이나 가치를 잃어 버린 그의 절망감을 표현합니다. 근본적으로 원구는 6·25 전쟁으로 인한 상실감이 내면화되어 이 세계에 대해 주로 슬픔의 감정을 느낄 뿐, 어떤 적극적 태도를 취할 수 없는 인물인 것입니다.

Q 동옥에게 적극적인 태도를 보이지 않다가 동옥이 사라지자 죄의식을 느끼는 원구의 모습 역시 이해되지 않습니다. 작가는 마지막 장면을 통해 어떤 생각을 표현하고자 한 것일까요?

A 원구라는 인물을 이해하기 위해서는 당대의 상황과 작가의 독특한 세계관을 고려할 필요가 있습니다.

동옥이 원구를 만나면서 눈에 띄게 활기를 되찾아가듯이, 아마도 시간이 조금 더 있었다면 원구 역시 슬픔에서 벗어나 삶에 대한 의욕을 되찾고 동옥에게 좀 더 적극적인 태도를 보였을지도 모릅니다. 그러나 그러기에는 시간이 너무 부족하였고, 시대적 상황이 그들을 그대로 내버려 두지 않았지요. 동욱은 자신의 의지와 상관없이 갑자기 군에 끌려갔으며(동욱이 갑자기 사라진 것으로 나오지만 전쟁 중인 당시의 상황과 국민병 수첩을 잃어버렸다던 동욱의 말에서 동욱이 검문에 걸려 군에 징집되었을 것임을 추측할 수 있습니다), 동옥은 사기를 당한 후 동욱마저 사라지자 집에서 내쫓겨 행방불명이 됩니다. 이 모든 것은 6·25 전쟁 당시의 폭력적 상황으로 인해 발생한 일입니다. 즉, 동욱과 동옥은 6·25 전쟁 당시의 폭력적 상황의 희생자라고 할 수 있는데, 원구 역시 동옥을 통해 삶에 대한 희망을 되찾을 수 있는 기회를 잃었다는 점에서 희생자라고 할 수 있습니다.

고향에 대한 그리움, 인간에 대한 사랑, 삶 나아가 올바른 삶에 대한 열망이 클수록 그런 것들을 잃어버렸을 때의 상실감은 더 큰 법입니다. 원구가 바로 그런 사람으로서 내면에는 그것들에 대한 열망이 잠재해 있다고 볼 수 있습니다. 마지막 장면에서 원구가 보이는 죄의식이란, 원구의 내면에 자리하고 있던 올바른 삶에 대한 열망의 표현이라고 할 수 있을 것입니다.

이후의 원구는 어떤 삶의 모습을 보일까요? 아마도 이전과 동일한 태도를 보일 것입니다. 여전히 슬픔 속에서 적극적 의욕을 상실하고, 그러면서도 또 한편으로는 자신의 모습에 대해 죄의식을 느끼며 살아갈 것입니다. 죄의식을 느끼며 고통 속에서 그저 삶을 견디어 내는 이 독특한 인물 유형은 손창섭이라는 작가가 당대 사회에서 인간의 운명에 대해 갖고 있었던 매우 독특한 생각을 표현하고 있습니다. 작가는 인간이 추구하는 가치란 무의미하기 짝이 없으며 그 가치를 실현하려는 모든 행위는 좌절되기 마련이라는 생각을 가지고 있었고, 이러한 생각들을 자신의 작품 속에서 표현하고 있는 것입니다. 작가 손창섭은 물론이고 그가 창조한 원구로 대변되는 인물 유형은 6·25 전쟁을 겪으면서 사람들이 얼마나 상처를 입었는지, 그 고통의 깊이를 보여 준다는 점에서 그 의미가 크다고 할 수 있습니다.

> ❈ 더 읽어 봅시다 ❈
>
> **전쟁으로 인한 상처를 다룬 작품**
> 하근찬, 〈수난이대〉_〈비 오는 날〉의 인물들이 서로 아무런 도움도 주지 못한 채 끝나는 데 반해, 이 작품은 부자(父子)가 서로 도와 가며 전쟁의 상처를 극복해 나간다는 희망을 제시하고 있어, 〈비 오는 날〉과 유사하게 전쟁의 상처를 다룬 작품이지만 그 상처에 대한 다른 대응 방식을 보이고 있다.

미해결(未解決)의 장(章)
— 군소리의 의미

　이 작품은 '지상'이라는 인물의 일기 형식으로 구성되어 있습니다. 지상은 몸 파는 여자인 광순을 제외하고는 대장(아버지), 지숙(여동생), 문 선생, 장 선생 등 주위 사람들과 어울리지 못하고 그들에 대해 부정적인 입장을 취합니다. 과연 지상은 왜 그러는 것일까요? 작품을 읽으며 그 이유를 생각해 봅시다.

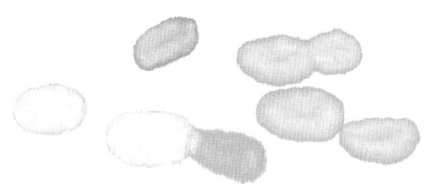

오월 어느 날

 아무리 궁리해 보아도 나는 집을 떠나야만 할까 보다. 그것만이 우선 나에게 있어서 하나의 해결일 듯싶게 생각되는 것이다. 그 '해결'이라는 말은 더할 나위 없이 내 맘에 꼭 드는 것이다. 그 말은 충분히 나를 취하게 하는 것이다. 그러나 도대체 나는 언제나 되면 노상[●] 집을 떠날 수 있을 것인가? 하루에 몇 번씩 혹은 몇십 번씩 '해결'을 생각하고 거기에 도취하면서도 종시[●] 나는 해결을 짓지 못한 채 지금까지 이러고 있는 것이다. 나는 도무지 주위와 나를 어떠한 필연성 밑에 연결시키지 못하는 것이다. 당장 이 방 안에 있어서의 내 위치와 식구들과의 관계부터가 그러하다.

노상 언제나 변함없이 한 모양으로 줄곧.
종시(終是) 끝내.

대장〔父親〕은 지금 막 뜯어 놓은 넝마˙ 무더기에서 쓸 만한 것을 열심히 추려 내고 앉아 있는 것이다. 머리에는 꾸겨진 등산모가 얹혀 있다. 얼굴에서는 제법 자개수염˙이 특색이다. 비대한 몸집에 되는 대로 걸치고 있는 미군 작업복도 역시 낡은 것이다. 대장이 그렇게 소중히 여기는 근엄성이나 위엄은 찾아볼 수가 없다. 그래도 그런 것이 조금이라도 남아 있다면, 저 자개수염 끝에서나 엿볼 수 있을까? 넝마를 뒤적거리고 있는 대장은 굶지 않으려고 버둥대는 제품(製品) 직공에 불과한 것이다. 그 이외의 아무것도 아닌 것이다. 간반˙ 방에는 안개처럼 먼지가 뿌옇다. 금붕어 물 마시듯, 우리 일곱 식구는 별수 없이 그걸 꼴깍꼴깍 먹고 사는 것이다. 그러나 나는 척수(脊髓)˙를 깎아 내는 것 같은 저 재봉틀 소리만은 사랑하기로 하고 있는 것이다. 참말이지 이 방 안에서 저 소리마저 뚝 그치고 만다면 대체 어떻게 될 것인가? 그러면 마치 빛 없는 동굴이 아니냐? 그러나 지금도 열심히 재봉틀을 돌리고 있는 지숙(志淑)을 바라보면 나는 견딜 수 없이 무거워지는 것이다. 지숙의 얼굴에서 나는 일찍이 웃음을 본 일이 없다. 언제나 양초처럼 희기만 한 얼굴에는 표정조차도 없는 것이다. 지숙은 여자 대학생이다. 그러면서도 오후에는

넝마 낡고 해어져서 입지 못하게 된 옷, 이불 따위를 이르는 말.
자개수염(--鬚髥) 양쪽으로 빳빳하게 갈라진 콧수염을 비유적으로 이르는 말.
간반(間半) 한 간 반의 넓이. 한 간은 보통 여섯 자(1.81m) 제곱의 넓이임.
척수(脊髓) 척추뼈 구멍이 이어서서 이룬 관인 척주관 속에 있는 중추 신경 계통의 부분.

일찌감치 돌아와서 제품 일을 하는 것이다. 그는 나를 경멸하고 있는 것이다. 그것은 내가 미국 유학을 단념했다는 데 있는 것이다. 어이없게도 우리 집 식구들은 온통 미국 유학열에 들떠 있는 것이다. 인제 겨우 열한 살짜리 지현(志賢)이넌만 해도, 동무들끼리 놀다가 걸핏하면 한다는 소리가,

"난 커서 미국 유학 간다누."

다. 그게 제일 큰 자랑인 모양이다. 중학교 이 학년생인 지철(志哲)이는, 다른 학과야 어찌 되었건 벌써부터 영어 공부만 위주하고 있다. 지난 학기 성적표에는 육십 점짜리가 여러 개 있어서 대장이 뭐라고 했더니,

"응, 건 다 괜찮어. 아 영얼 봐요, 영얼요!"

하고 구십팔 점의 영어 과목을 가리키며 으스대는 것이었다. 영어 하나만 자신이 있으면 다른 학과 따위는 낙제만 면해도 된다는 것이 그놈의 지론˙이다. 영어만 능숙하고 보면 언제든 미국 유학은 가능하다는 것이다. 우리 오 남매 중에서 맨 가운데에 태어난 지웅(志雄)이 또한 마찬가지다. 고등학교 일 학년인 그 녀석은, 어느새 미국 유학 수속의 절차며 내용을 뚜르르 꿰고 있다. 미국 유학에 관한 기사나 서적은 모조리 구해 가지고 암송하다시피 하는 것이다. 지숙이 역시 나를 노골적으로 멸시할 정도니 더 말할 여지가 없다. 지철이나 지웅이는 그래도 아직

지론(持論) 늘 가지고 있거나 전부터 주장하여 온 생각이나 이론.

저희들 꿈에만 도취해서 나를 업신여기고 비웃고 할 여유가 없다. 그렇지만 지숙은 노상 대학생이노라고 자기만족에만 너무르지 않고, 제법 남을 비판하고 경멸하는 데서 오는 쾌감을 향락하려 드는 것이다.

"오빤 뭣 하러 사는지 몰라!"

이게 날더러 하는 소리다. 물론 나 따위는 거들떠보지도 않고 외면한 채 하는 소리인 것이다. 그래도 어머니만은 좀 다르다.

"얘, 미국이구 뭐구 밥부터 먹어야겠다. 목구멍에 풀칠도 제대로 못 하는 주제에 미국은 다 뭐니."

이러한 어머니를 대장은 점잖게 나무라는 것이다.

"원 저렇게라구야. 아, 아이들의 웅지(雄志)를 북돋아 주지는 못할망정 그 무슨 좀된 소리요. 그러니까 한국 사람은 천생 이런 꼴을 못 면하는 거여!"

그러자 삼 남매는 일제히 어머니를 몰아세우는 것이다. 비록 밥을 굶는 한이 있더라도 미국 유학만은 꼭 해야 한다는 것이다. 정계나 학계에 출세한 사람들의 이름을 여럿 들어 보이며,

---

도취하다(陶醉--) 어떠한 것에 마음이 쏠려 취하다시피 하다.
웅지(雄志) 웅대한 뜻.
좀되다 사람의 됨됨이나 언행이 너무 치사스럽고 대담하지 못하며 좀스럽다.
천생(天生) 1. 타고난 것처럼 아주. 2. 이미 정하여진 것처럼 어쩔 수 없이. 여기에서는 2의 의미로 쓰임.
정계(政界) 정치에 관련된 일에 종사하는 조직체나 개인의 활동 분야.
학계(學界) 학문 연구 및 저술에 종사하는 학자들의 활동 분야.

그들은 모두 미국 유학을 했다는 것이다. 그중에서도 지웅이는 고학의 길이 얼마든지 있다는 것을, 실례와 세밀한 숫자까지 일일이 들어 가며 웅변조로 나오는 것이다. 마침내 모친도 누그러져서,

"오냐, 오냐, 그러문야 작하나 좋겠니. 하 답답해 하는 소리다. 될 수만 있으면 미국은 한 번씩 다녀와야지. 암 그렇구 말구."

하고, 그 가느단 목을 주억거려 보이는 것이다. 그러고 나면 결론이나 내리듯이 대장은 극히 만족한 어조로 중얼거리는 것이다.

"오냐, 다섯 놈이 모두 박사, 석사 자격을 얻어 가지구 미국서 돌아만 와 봐라!"

오 남매가 당장 미국서 박사, 석사 학위를 얻어 가지고 귀국하게 된 것처럼 대장은 신이 나는 것이다. 그러다가 문득 윗목에 누워 있는 나를 발견하고 나서 대장은 무슨 모욕이라도 당한 듯이 노려보는 것이다.

"죽어라, 죽어!"

그러나 그 이상 더 만족할 만한 욕설이 얼른 떠오르지 않아서 대장은 입만 쭝깃쭝깃거리다가 외면하고 마는 것이다. 나는 약

고학(苦學) 학비를 스스로 벌어서 고생하며 배움.
작하나 '작히'를 강조하여 이르는 말. 얼마나.
하 몹시, 아주.
주억거리다 고개를 앞뒤로 천천히 끄덕거리다.
쭝깃쭝깃 쭝긋쭝긋. 말을 하려고 자꾸 입을 들썩이는 모양.

간 실망하는 것이다. 왜냐하면 '죽어라, 죽어!' 소리 뒤에는, 고무장갑 같은 대장의 손이 내 따귀를 갈기는 것이 거의 공식화되어 있었기 때문이다. 이러한 식구들 가운데서 나만 정말 아무것도 아닌 것이다. 암만해도 자신이 미국을 가야 할 하등의 이유도 나는 발견하지 못하는 것이다. 미국은 고사하고 나는 요즈음 대학에도 제대로 나가지 못하는 것이다. 그것은 납부금을 제때에 바치지 못해서만도 아닌 것이다. 물론 그것이 하나의 중요한 동기이기는 하다. 그러나 그보다도 나는 주위와 자신의 중압감을 감당해 나갈 수 없는 것이다. 이 대가리가, 동체가, 팔다리가, 그리고 먼지와 함께 방 안에 빼곡 차 있는 무의미가, 나는 무거워 견딜 수 없는 것이다.✱

부산에 피난 가 있는 동안, 대장은 한사코 싫다는 나를 우격다짐으로 법과 대학에 집어넣었던 것이다. 만약 법대에 들지 못하면 대장은 자결하고 말겠노라고 위협조차 했던 것이다. 내가 법대에 못 들면 단지 그 이유로 자결하겠다고. 그때만 해도 참말 나는 어렸던 것이다. 지금 생각하면, 비대한 대장의 몸뚱이가 영도 다리에서 투신을 하거나, 음독을 하고 버둥거리는 광경을 상상만 해도 나는 웃지 않고 견딜 수 없는 것이다. 합격 발표를

하등(何等) (주로 '하등의' 꼴로 쓰여) '아무런', '아무' 또는 '얼마만큼'의 뜻을 나타내는 말.
고사하고(姑捨--) 더 말할 나위도 없이.
동체(胴體) 사람이나 동물의 몸에서, 목·팔·다리·날개·꼬리 따위를 제외한 가운데 부분.
✱ 먼지와 함께 방 안에 ~ 견딜 수 없는 것이다 먼지가 아무런 의미 없이 방 안에 쌓여 있는 것처럼 '나'는 방 안에서 벌어지는 일들이 무의미하여 견딜 수 없다는 의미이다.

보고 돌아오는 길에 대장은 닭을 한 마리 사 들고 왔다. 그놈을 통째로 고아서 내게다 안겨 놓더니, 법대를 마치고 미국 가 삼사 년만 연구하고 돌아올 말이면, 장차 장관 자리 하나는 떼어 논 당상이라는 것이었다. 그러면서 대장은, 날더러 꿈에도 잊지 말고 장관의 걸상 하나는 걸머지고 다녀야 한다는 것이었다. 왜정 시대에 전문학교 법과를 나와 가지고, 전후 오 차나 '고문(高文)'에 응시했건만 종내 뜻을 이루지 못하고 만 대장의 간곡한 당부인 것이다. 도대체 대장은 어째서 다섯 번이나 고문 시험을 쳤는지, 그리고, 인간이 무슨 탓으로 장관을 지내 보고 죽어야 하는지, 나는 오래 두고 생각해 보아도 그 까닭을 알 수 없는 것이다. 어쨌든 나는 대장이 꿈에도 잊지 말라는 그 장관의 걸상을 억지로 떠메고 다니느라고, 대가리가, 동체가 이렇게 무거워졌는지도 모르겠다. 그렇기에 나는 무거운 몸을 방구석에 누워 지내는 일이 많은 것이다. 그러다가 대장의 입에서 '죽어라, 죽어!' 하는 말이 튀어나오고, 고무장갑 같은 그 손이 내 뺨을 후려갈기고 나면, 할 수 없이 나는 일어나 밖으로 나가는 것이다.

⚜ 돌아올 말이면 돌아오기만 하면.

⚜ 떼어 논 당상 '당상(堂上)'은 '조선 시대의 정삼품 이상의 벼슬을 통틀어 이르는 말'로, '떼어 논 당상'은 '떼어 놓은(따 놓은) 당상이 변하거나 다른 데로 갈 리 없다는 데서, 일이 확실하여 조금도 틀림이 없음'을 이르는 말이다.

왜정 시대(倭政時代) 일제 강점기.

전문학교(專門學校) 일제 강점기에, 중등학교(중학교와 고등학교) 졸업생에게 전문적인 지식이나 기술을 가르치던 학교.

고문(高文) '고등 문관 시험'을 줄여 이르는 말. 일제 강점기에, 고등 문관을 선발하기 위하여 실시하던 자격시험으로, 행정과와 사법과로 나눈다. 현재의 '고등 고시'와 유사하다.

그러나 결코 나는 대장의 소원대로 죽으러 나가는 것은 아니다. 어디서 미술 전람회라도 있으면 나는 거기를 찾아가 시간을 보내는 것이다. 그러나 요즈음은 대개 문 선생(文先生)네 집에 가서 광순(光順)이와 나란히 누워 낮잠을 자는 일이 많다.

  저녁때가 거진 되어서, 의류 구제품˙을 한 보따리 꾸려 이고 모친이 돌아왔다. 그것은 안면 있는 몇몇 고아원을 찾아다니며, 그냥은 사용할 수 없는 구제품을 헐값으로 사 오는 물품이다. 집에서 그걸 일일이 뜯어 가지고 각종 아동복을 재생해서 시장에 내다 넘기는 것이다. 구제품을 사들이는 일이나, 제품을 내다 파는 일은 전적으로 모친의 소임˙인 것이다. 대장은 집에서 제품 일을 거들기는 해도 물건 보퉁이를 둘러메고 밖으로 나다니지는 못하는 것이다. 그것은 위신과 체면을 손상시키는 일이라고 해석하기 때문이다. 대장은 헌 미군 작업복에 등산모를 쓰고 앉아서 지숙에게 잔소리를 들어 가며 마름질˙을 하거나, 더러는 재봉기를 돌리기도 하는 것이다.

  모친은 동댕이치듯 짐을 내려놓더니 내 옆에 와서 말없이 누워 버리었다. 모친은 견딜 수 없이 피로한 것이다. 육체도 정신도, 과로와 생활난에 완전히 지쳐 버린 것이다. 그러한 모친의 몸뚱이는 흡사 중병을 치르고 난 사람처럼 야윌 대로 야위었다.

구제품(救濟品) 불행이나 재해 따위로 어려운 처지에 빠진 사람을 돕기 위하여 보내는 물품.
소임(所任) 맡은 바 직책이나 임무.
마름질 옷감이나 재목 따위를 치수에 맞도록 재거나 자르는 일.

미해결의 장

해골처럼 뼈만 남아 있는 것이다. 워낙이 살기 없는 체질이기는 하지만, 요즘 와서는 두드러지게 가늘어진 것이다. 그 가느단 목과 팔과 어깨에는 서리 맞은 덩굴에 호박이 달려 있듯, 여섯 식구가 주렁주렁 매달려 있는 것이다. 모친과는 반대로, 아무렇게 다루어도 도무지 축이 갈 줄 모르는 대장의 비대한 몸뚱이에 나는 늘 위압을 느끼는 것이다. 우리 가족은 벌써 반년 이상이나 점심이라는 걸 잊고 지내는 것이다. 그것도 밥은 아침뿐이요, 저녁은 우유죽인 경우가 태반이다. 그래도 대장의 체중은 왜 그런지 줄지 아니하는 것이다. 그러한 대장을 바라보며 나는 고무로 만든 인형을 생각하는 것이다. 바람만 잡아넣으면 얼마든지 늘어나는 고무 사람 말이다. 하기는 저녁마다 대장은 바람 대신 사이다병으로 하나씩 약주를 집어넣는 것이다. 대장은 단 하루 저녁이라도 술을 거르고는 견디지 못하는 것이다. 아마도 대장의 우둘우둘한 몸집은 술살이 오른 탓일지도 모른다.

갑자기 으스스 춥다고 하며 모친은 와들와들 몸을 떨기 시작한다. 구제품 보따리를 정리하고 있던 지숙이가 얼른 이불을 내려서 덮어 드렸다. 그리고 나서 지숙은 자기가 하던 일을 대장에게 맡기고, 저녁 준비를 하러 부엌으로 나가는 것이다. 여러 가지 색깔과 모양의 옷가지를 뒤적거리면서 대장은 못마땅한

⚜ 서리 맞은 덩굴 갑자기 생기를 잃고 축 처진 모양을 비유적으로 이르는 말이다.
⚜ 축이 갈 몸이나 얼굴 따위에서 살이 빠질.
위압(威壓) 위엄이나 위력 따위로 압박하거나 정신적으로 억누름. 또는 그런 압력.

태도로 나를 힐끔힐끔 바라보았다. 그러다가 마침내,

"죽어라, 죽어!"

하는 소리가 대장의 입에서 또 폭발된 것이다. 나는 언제나처럼 누운 채 무엇을 기대하며 소리 나는 쪽으로 고개를 돌렸다. 대장은 입을 실룩거리고 손끝을 약간 떨며 일어나서 내게로 다가오는 것이다. 나의 기대는 과연 어긋나지 아니한 것이다. 나는 얼른 일어나 앉았다. 대장의 손이 내 따귀를 갈기기에 편리한 자세를 취해 주기 위해서인 것이다. 왼쪽 귀밑에서 찰싹 소리가 났다. 거푸 오른편 뺨에서도 같은 소리가 났다.

"죽어라, 썩 죽어!"

그 뒤에는 적당한 말이 얼른 생각나지 않아서 대장은 입만 히물거리다가 도로 제자리에 돌아가 버린 것이다. 대장은 죽으라는 말을 최대의 욕이라고 생각하고 있는 것이다. 그러나 대장은 화가 나거나 감동을 하거나, 여하튼 급격한 흥분이 오게 되면 제대로 말을 못 하는 것이다. 벙어리처럼 간단한 말 한두 마디를 겨우 발하고는 입을 씰룩거릴 뿐, 뒷말을 잇지 못하고 마는 것이다. 그 대신 흥분하는 시간은 극히 짧은 것이다. 아무리 격분했다가도 불과 오 분 이내에 완전히 평상 상태로 돌아가는 것이다. 대장은 아무 일도 없었다는 듯이, 지금도 평시의 태도로 하던 일을

거푸 잇따라 거듭.
히물거리다 근육이나 뼈 따위가 한쪽으로 조금 삐뚤어지거나 기울어지며 자꾸 떨리다.
발하다(發--) 빛, 소리, 냄새, 열, 기운, 감정 따위가 일어나다. 또는 그렇게 되게 하다.

계속하는 것이다. 공식같이 대장의 손이 나의 양쪽 따귀를 후려칠 적마다, 나는 정말 고무 인형을 생각하는 것이다. 그것은 꼭 공기를 넣어서 부풀게 한 고무장갑같이 느껴지기 때문이다. 그처럼 대장의 손맛은 그다지 맵지 아니한 것이다. 방 안에는 먼지가 연기처럼 자욱하다. 구제품을 들추어 놓은 데다가 대장의 육중한 몸집이 낡은 다다미 바닥을 진동시킨 까닭이다.

나는 말없이 일어나 밖으로 나왔다. 밖에는 안개 같은 가랑비가 뿌리고 있었다. 어디를 갈까? 나는 잠시 망설이다가 이내 걸음을 떼어 놓았다. 내가 찾아갈 곳은 역시 광순이밖에 없는 것이다. 그러나 광순은 벌써 출근했을지도 모른다. 광순은 저녁때에 출근했다가 아침에야 돌아오는 희한한 직업을 가지고 있는 것이다.

"어디 가? 형."

학교가 파하고 나서 신문을 팔다가 돌아오는 지철이놈이다.

"미국!"

나는 엉뚱한 그 한마디를 던지고 분주히 골목을 빠져나갔다. 그러면서 나는 만족했다. '미국!' 그 대답이 웬일인지 스스로 몹시 흡족한 것이었다.

다다미〔疊〕 마루방에 까는 일본식 돗자리. 속에 짚을 5cm가량의 두께로 넣고, 위에 돗자리를 씌워 꿰맨다.
파하다(罷--) 어떤 일을 마치다.

오월 어느 날

 오늘도 나는 나 자신을 해결할 아무런 방도도 없이 하여튼 잠시나마 집을 나와 본 것이다. 굶어도 축갈 줄 모르는 비대한 몸집에 등산모를 쓰고 앉아 구제품을 뜯고 있는 대장, 서리 맞은 호박 덩굴처럼 가늘게 시들어진 목과 팔을 움직여 가며 마름질을 하고 앉아 있는 모친, 진드기처럼 악착스레 재봉틀에 달라붙어 있는 무표정한 여자 대학생 지숙을 팽개쳐 둔 채, 먼지가 자욱한 그 방을 나는 빠져나온 것이다. 참말 그놈의 다다밋장은 대체 얼마나 오랜 물건인지 모르겠다. 꺼풀이 한 겹 벗겨져 온통 속이 나와 버린 것은 문제가 아니지만, 사람이 움직일 때마다 발밑에서 풀썩풀썩 먼지가 이는 데는 견딜 수 없는 것이다. 그렇지만 이제 나는 적어도 몇 시간 동안은 그러한 집에 돌아가지 않아도 좋을 것이다. 전찻길을 건너고, 국민학교 담장을 끼고 돌아서, 육이오 때 파괴된 채로 버려 둔 넓은 공터를 가로 건너, 나는 또 문 선생네 집을 찾아가는 것이다. 국민학교의 그 콘크리트 담장에는 사변 통에 총탄이 남긴 구멍이 숭숭 뚫려 있었다. 나는 오늘도 걸음을 멈추고 그 구멍으로 운동장을 들여다보는

국민학교(國民學校) '초등학교'의 전 용어.
사변(事變) 1. 사람의 힘으로는 피할 수 없는 천재(天災)나 그 밖의 큰 사건. 2. 한 나라가 상대국에 선전 포고도 없이 침입하는 일. 여기에서는 6·25 전쟁을 가리킴.

미해결의 장 61

것이다. 마침 쉬는 시간인 모양이다. 어린애들이 넓은 마당에 가득히 들끓고 있다. 나는 언제나처럼 어이없는 공상에 취해 보는 것이다. 그 공상에 의하면, 나는 지금 현미경을 들여다보고 있는 병리학자인 것이다. 난치(難治)의 피부병에 신음하고 있는 지구덩이의 위촉을 받고 병원체의 발견에 착수한 것이다. 그것이 '인간'이라는 박테리아에 의해서 발생되는 질병이라는 것은 알았지만, 아직도 그 세균이 어떠한 상태로 발생, 번식해 나가는지를 밝히지 못하고 있는 것이다. 그러니 치료법에 있어서는 더욱 캄캄할 뿐이다. 나는 지구덩이에 대해서 면목이 없는 것이다. 나는 아이들을 들여다보며 한숨을 쉬는 것이다. 아직은 활동을 못 하지만, 고것들이 완전히 성장하게 되면 지구의 피부에 악착같이 달라붙어 야금야금 갉아먹을 것이다. 인간이라는 병균에 침범당해, 그 피부가 느적느적 썩어 들어가는 지구덩이를 상상하며, 나는 구멍에서 눈을 떼고 침을 뱉었다. 그것은 단순한 피부병이 아니라 지구에게 있어서는 나병과 같이 불치의 병일지도 모른다는 생각을 안고 나는 발길을 떼어 놓는 것이다. 그 어처구니없는 공상이 맘에 들어서 나는 얼마든지 취한 채 걷는 것이다. 갑자기 눈앞에 누가 막아선다. 여자가 웃고 서 있는

병리학자(病理學者) 병이나 기형(畸形)의 형태나 기능을 조사하여 그 성립 원리와 본질을 연구하는 과학자.
난치(難治) 병이나 버릇 따위를 고치기 어려움.
느적느적 물체가 힘없이 자꾸 축 처지거나 물러지는 모양.
나병(癩病) 나병균(癩病菌)에 의하여 감염되는 만성 전염병.

것이다. 광순이었다.

"아, 어디 가우?"

문 선생네 집에, 나는 문 선생을 보러 가는 것은 아니었다. 물론 이 광순이를 만나러 가는 것이었다. 광순은 말없이 생긋이 웃는 채로 손에 들고 있는 것을 내밀어 보였다. 그것은 수건과 비누가 들어 있는 대야였다.

"목간˙?"

왜 그런지 그제야 나는 안심이 되는 것 같았다.

"내 곧 다녀올게요."

광순은 역시 웃음으로 얼굴을 장식한 채 나를 지나쳐 버렸다. 얼마나 웃기 잘하는 여자냐? 지숙이와는 꼭 반대인 것이다. 광순의 낯에서는 언제든 눈부신 미소가 사라질 적이 없다. 근심도 애수˙도, 그 미소의 바닥으로만 흘러가 버릴 뿐, 결코 그것을 지워 버리거나 흐려 버리지는 못하는 것이다.

간반 방 아랫목에 문 선생은 혼자 일어나 앉아 있었다.

"광순인 없어. 밖에 나갔어. 아마 오늘은 안 들어올 걸세."

몹시 당황한 소리였다. 문 선생은 내가 찾아오는 것을 싫어하는 것이다. 나는 그러한 문 선생을 무시하고 안으로 들어가 앉았다. 문 선생은 퀭한 눈으로 잠시 나를 노려보듯 하다가,

---

목간 '목욕'의 사투리.
애수(哀愁) 마음을 서글프게 하는 슬픈 시름.

"광순인 아주 나갔다니까. 정말 오늘은 안 돌아온다니까."
하고 애원하듯 하는 것이다.

"네, 알았습니다. 광순이가 목간 간 줄도 알구, 물론 문 선생이 날 꺼려 한다는 것두 잘 알구 있습니다. 사실입니다. 난 그런 걸 죄다 알구 있는 갭니다."

문 선생은 할 수 없다는 듯이 야윈 상반신을 힘없이 벽에다 기대고 눈을 감는 것이었다. 문 선생의 신색*은 며칠 전보다 훨씬 나빠진 것같이 보였다. 윗목에는 이부자리가 펴 놓은 대로 있었다. 그것은 좀 전까지 광순이가 자고 있던 자리인 것이다. 나는 이불을 들치고 그 속으로 기어 들어갔다. 밤에도 제대로 못 자는 나는 가끔 여기에 와서 낮잠을 즐기는 것이다. 왜 그런지 광순의 이불 속에 들어가 누우면 잠이 잘 오는 것이다. 맑은 오월의 대기를 등지고 나는 이제 광순이가 돌아오기까지 여기서 잠을 자야 하는 것이다. 그러나 목간에서 돌아온 광순은 나를 깨우지 아니한 채 출근해 버리고 말았다.

내가 눈을 떴을 때는 방 안이 어슴푸레해* 있었다. 밖에서 늦도록 놀다가 돌아온 이 집 아이들이 떠들썩하는 바람에 나는 잠을 깬 것이다. 문 선생에게는 삼 남매가 있다. 장남이 국민학교 오 학년, 장녀가 삼 학년, 차남이 국민학교에 들어갈 나이인 것

신색(神色) 상대편의 안색, 즉 얼굴빛을 높여 이르는 말.
어슴푸레하다 빛이 약하거나 멀어서 어둑하고 희미하다.

이다. 문 선생의 부인은 피난지에서 죽었다. 산후가 깨끗지를 못해 시름시름 앓다가 마침내 간난애와 전후해서 세상을 떠난 것이다. 그런데다가 지금 노모와 세 어린애를 거느린 문 선생은 완전히 생활 능력을 상실한 폐인인 것이다. 그는 이미 사변 전부터 위장병으로 나왔다 더했다 하는 것이었다. 의사에 따라서 위산과다증이라고도 하고, 위궤양의 증세가 확실하다고도 한다는 것이다. 그러한 그는 대개 방 안에 우두커니 앉아 있거나, 누워 있거나 하는 것이다. 그러다가 미음 숟이라도 몇 모금씩 뜰 정도가 되면 한결 볼썽도 나아져서 할 일 없이 밖에 나다니기도 하는 것이었다. 이러한 이 가정의 생활은 전적으로 문 선생의 여동생인 광순의 힘에 의존하고 있는 것이었다. 하기는 그들의 노모가 전차 거리에다 담뱃갑을 벌여 놓고 밤낮 지키고 앉아 있기는 하지만, 그 수입이란 고작 아이들의 학비나 용돈밖에는 안 되는 것이었다. 그러나 모친에게 있어서는 수입의 다소가 문제가 아닌 것이다. 딸의 신세를 생각할 때, 가만하고 집구석에만 박혀 있을 수가 없는 것이었다. 한편 문 선생은 또한 문 선생

산후(産後) 아이를 낳은 뒤.
위산과다증(胃酸過多症) 위액의 산도(酸度)가 비정상적으로 높은 병. 위 부분에 압박감이 있거나 가슴이 쓰라리며 산성 트림이 나오기도 한다.
위궤양(胃潰瘍) 위의 점막이 헐고 조직이 파괴되는 병. 심하면 구토나 하혈을 일으키며 위벽에 구멍이 생길 수도 있다.
숟 밥 따위의 음식물을 숟가락으로 떠 그 분량을 세는 단위.
볼썽 남에게 보이는 체면이나 태도. 여기에서는 '보이는 모습' 정도의 의미로 쓰임.
가만하다 어떤 대책을 세우거나 손을 쓰지 아니하고 그대로 있다.

대로, 자기는 온 천하의 죄를 혼자서 짊어지고 있는 것처럼 생각하고 있는 것이다. 광순이나 모친에게 대해서뿐 아니라, 그는 누구 앞에서고 제대로 고개를 들지 못하는 것이다. 진성회(眞誠會)의 회합 때에도, 문 선생만은 고개를 푹 떨어뜨리고 앉아서 한 번도 자기를 주장하는 일이 없는 것이다. 그렇다. 나는 진성회에 관해서 여기에 몇 마디 적어 두어야 하겠다. 그것은 정말 견딜 수 없이 나를 무의미하게 만들어 주기 때문이다. 진성회의 회원은, 현재, 나의 대장〔父親〕, 문 선생, 장 선생(長先生), 이렇게 세 사람뿐이다. 진실하고, 성실한 사람들끼리 모여, 국가 민족과, 인류 사회를 위해서 진실하고 성실한 일을 하다가 죽자는 것이 소위 진성회의 취지인 것이다. 그들은 이 지구상에서 자기네 세 사람만이 가장 진실하고 성실한 인간이라고 자처하고 있는 것이다. 따라서 민족과 인류를 위해 진실하고 성실한 일을 할 수 있는 인재도 역시 자기들뿐이라고 자신하고 있는 것이다. 그들은 한 달에 한 번씩 정례 회의를 열고 세상이 자기들을 몰라주고 하늘이 때를 허락하지 않음을 개탄하는 것이다. 그러다가 진주는 땅에 묻혀도 썩지 않는다고 자위하고 헤어지는 것이다. 그들은 우리 집에서 열렸던 결성식 및 제일 회 총회에서, 상

자처하다(自處--) 자기를 어떤 사람으로 여겨 그렇게 처신하다.
정례 회의(定例會議) 정기적으로 계속하여 행하는 회의.
개탄하다(慨歎--/慨嘆--) 분하거나 못마땅하게 여겨 한탄하다.
자위하다(自慰--) 자기 마음을 스스로 위로하다.
결성식(結成式) 조직이나 단체 따위를 짜서 만들 때 행하는 의식.

당한 토론 끝에 나에게 준회원의 자격을 부여했던 것이다. 그때 나는 참말 어처구니없이 당황했던 것이다. 동시에 나는 준회원이 되기를 거부했다. 그러나 그들은 내 의사를 사양의 뜻으로 오인했던지, 이구동성으로 권하는 말이, 앞으로 나이와 함께 수양을 쌓으면 훌륭한 정회원이 될 바탕이 보이니, 주저하거나 낙망하지 말고 입회하라는 것이었다. 이 말에 나는 정말 실없이 두 번째 당황했던 것이다. 진성회의 정회원이 될 바탕이 내게 있다면 사실 나는 마지막이라는 생각이 들었다. 게다가 회장으로 선임된 대장은 거연히 내게다 '비서'라는 직분까지를 명했던 것이다. 나는 그 준회원과 비서의 자격으로 서너 번 회의에 참석한 일이 있는 것이다. 대장과 문 선생 간의 대화를 통해 장 선생의 이름은 전부터 듣고 있었지만 정작 내가 그를 대해 보기는 결성식 날이 처음이었다. 그는 보통 사람의 두 배나 되는 거대한 체구의 소유자였다. 회원 명부에 의하면 마흔두 살이었다. 대장은 누구 앞에서나, '나보다 약하고 불행한 사람을 위해 봉사하다가 죽자'는 말을 자랑스럽게 내세웠는데, 그보다도 더 빈번히 장 선생은 사필귀정(事必歸正)이라는 문구를 득의하게

오인하다(誤認--) 잘못 보거나 잘못 생각하다.
이구동성(異口同聲) 입은 다르나 목소리는 같다는 뜻으로, 여러 사람의 말이 한결같음을 이르는 말.
낙망하다(落望--) 희망을 잃다.
입회(入會) 어떤 모임에 들어가 회원이 됨.
거연히(巨然-) 당당하고 의젓하게.
사필귀정(事必歸正) 모든 일은 반드시 바른길로 돌아감.
득의하다(得意--) 일이 뜻대로 이루어져 만족해하거나 뽐내다.

미해결의 장 67

사용하는 것이었다. 그가 고향에서 면사무소 총무로 있을 때, 사필귀정 선생이라는 별명으로 통했다는 것은 나중에야 알았다. 그러나 그의 사필귀정보다도, 실지 생활 내막을 엿보았을 때, 장 선생은 내 머리에서 잊혀지지 않는 존재가 되었던 것이다. 제이 차 정례 회의가 장 선생네 집에서 열리는 날이었다. 나는 대장이나 문 선생보다 한걸음 앞서 장 선생 댁을 왕방했던 것이다. 그때 장 선생은 그 거대한 체구에다 조그만 앞치마를 두르고 있었다. 그 앞치마에는 장난감 같은 주머니가 붙어 있을 뿐 아니라, 가상이로는 색실로 수까지 놓아 있었다. 그는 방 안에 풍로를 들여놓고 한창 요리를 만드는 중이었다. 그것은 밀가루에다 가루우유를 섞어 반죽을 해서 굽는 소위 자가식 우유빵이란 것이었다. 풍로 옆에는 두서너 살짜리에서부터, 그 위로 한두 살씩 층이 져 보이는 사내애 세 놈이 무릎을 모으고 앉아 콧물을 닦아 가며 빵이 익기를 기다리고 있는 것이었다. 우선 세 개를 구워서 아이들에게 하나씩 들려 주었다.

"이거 봐, 느들 있다 엄마 온 댐에 빵 먹었다 소리하문 안 된다. 알았지? 그러문 그 빵을 도루 뺏을 테야!"

장 선생은 아이들에게 그렇게 타일러서 나가 놀다 오라고 밖

왕방하다(往訪--) 가서 찾아보다.
가상이 '가장자리'의 사투리.
풍로(風爐) 아래에 바람구멍을 내어 불이 잘 붙게 만든 화로.
자가식(自家式) 문맥상 '자기 집 방식' 정도의 의미로 쓰임.

으로 내쫓았다. 장 선생에게는 아들만 육 형제가 있다는 것이다. 그 부인이 국민학교 준교원˙이었다. 순전히 그 수입으로 여덟 식구의 생계를 유지해 가는 것이다. 아침 나절˙ 부엌 동자˙까지 거의 장 선생이 맡아 본다는 것이다. 그리고 낮에는 학교에 안 가는 아이들을 데리고 종일 집을 지킨다는 것이다. 장 선생이 빵을 다 굽고 나서, 풍로며 기타 도구들을 내다 치우고 들어온 뒤에야 대장과 문 선생이 왔다. 장 선생은 어린애처럼 얼굴을 붉히며, 그냥 있기에는 과히 섭섭해 그러노라고 하며, 빵을 접시에 담아 내놓았다. 그것은 두 개씩밖에는 차례에 돌아가지 않았다. 문 선생만은 소화시킬 자신이 없다고 종시 손을 대지 않았다. 그러나 허기져 지내는 대장과 나는 솔직한 말로 널름널름 먹어 치웠다. 문 선생 몫만 두 개가 접시에 그대로 남아 있을 때였다. 문득 밖에서 사람의 신발 소리가 난 것이다. 동시에,

 "웬 손님이 이렇게 여러 분 오시었을까."

하는 여자의 음성이 들리었다. 장 선생의 부인이라고 내가 직감하는 순간, 장 선생의 안색이 홱 변하더니, 남아 있는 빵을 접시째 번개같이 집어다가 앞치마 밑에 감춰 버린 것이었다.˚ 석고처

준교원(準教員) 보조 교원 혹은 임시 교원.
나절 낮의 어느 무렵이나 동안. 여기에서는 '아침 나절'은 '아침 무렵'이라는 의미로 쓰임.
동자 밥 짓는 일.
✣ 남아 있는 빵을 ~ 감춰 버린 것이었다 장 선생네는 형편이 넉넉하지 않기 때문에 장 선생이 손님에게 빵을 대접했다는 것을 아내가 알게 되면 혼이 날까 봐 빵을 먹은 흔적을 없애기 위해서 빵은 물론 접시까지 앞치마 밑에 감춘 것이다.

럼 굳어 버린 장 선생의 얼굴을 바라보며, 까닭 없이 나도 얼굴을 붉혔던 것이다. 그때 이후 나는 장 선생을 잊어버리지 못하는 것이다. 그렇다고 별반 교섭을 갖는 일도 없건만, 이상하게 그러한 장 선생의 모습이 내 머리에서 사라지지 않는 것이다.

"아저씨, 일어나. 얼릉 일어나서 가!"

문 선생의 막내놈이 나를 흔들어 깨우는 것이다. 아까 잠시 눈을 떴다가 나는 도로 이불을 뒤집어쓰고 누워 있었던 것이다. 이불 속에는 여러 가지 냄새가 배어 있었다. 그것은 광순의 살 냄샐까? 땀 냄샐까? 크림 냄샐까? 어쩌면 여러 종류의 사내들에게서 묻혀 가지고 온 별의별 냄새가 다 섞여 있는지도 모른다. 아무튼 광순의 이불에는 야릇한 냄새가 젖어 있는 것이다. 아무런 '해결'도 없는 나의 머리에는 그건 좀 독한지도 모른다. 그러기 나는 늘 그 냄새에 취하는 것이다. 일어나 보니, 벌써 방 안에는 불을 켜고 있었다. 문 선생은 여전히 눈을 감은 채, 아랫목 벽을 등지고 그림자같이 앉아 있는 것이다. 아이들은 세 놈이 다 저희 아버지 본으로 하는 일 없이 우두커니 앉아 있는 것이다. 그러나 그 애들의 눈은 한결같이 나를 노려보고 있는 것이다. 그 연유를 나는 잘 알고 있다. 아이들이 배가 고프다고 저녁을 재촉하면, 문 선생은 턱으로 나를 가리키며, 가거들랑 먹

교섭(交涉) 어떤 일을 이루기 위하여 서로 의논하고 절충함.
본(本) 본보기. 여기에서의 '본으로'는 '본받아' 정도의 의미로 쓰임.
연유(緣由) 이유.

으라는 것이다. 그래서 아이들은 어서 내가 일어나 나가기를 기다리다 못해, 막내놈이 마침내 흔들어 깨우고야 마는 것이다.

나는 이불을 개켜 얹고 말없이 밖으로 나왔다. 나는 곧장 전찻길로 나가 담배 목판을 지키고 앉아 있는 문 선생의 모친 앞에서 걸음을 멈추었다.

"광순이는 오늘 저녁도 출근했습니다. 그리고 집에서들은 내가 무서워서 밥을 굶고 앉아 있습니다."

내 음성은 공연히 떨리기까지 한 것이다. 문 선생의 모친은 말없이 나를 쳐다보았다. 나는 그 눈을 보았다. 그 눈은 딸을 생각하는 눈이었다. 그것은 영원히 구원받을 수 없는 눈이라는 생각이 내게는 들었다.

오월 어느 날

우리 집 식구들 가운데서 나는 이방인(異邦人)시당하고 있는 것이다. 그들은 이방인에게 대해서는 주저 없이 힐난과 조소를

✤ 영원히 구원받을 수 없는 눈 광순의 모친은 딸이 몸 파는 일을 하는데도 어떤 도움도 주지 못해 부모로서 죄의식과 절망에 빠질 수밖에 없다. '나'는 그런 광순의 모친의 눈에서 구원에 대한 희망조차 가질 수 없는 죄의식과 절망적인 마음을 읽고 있다.
✤ 이방인(異邦人)시당하고 다른 식구들은 모두 아메리칸드림을 꿈꾸고 있는데 '나'만은 그 꿈을 오히려 부정적으로 바라보고 있기에 그들에게 '나'는 이방인 취급을 당한다.
힐난(詰難) 트집을 잡아 거북할 만큼 따지고 듦.
조소(嘲笑) 비웃음.

퍼부을 수 있는 것이다. 마침 오늘은 온 가족이 오래간만에 한자리에 모여 앉게 되었다. 그들은 이 기회에 집단적으로 나를 비난하려 드는 것이다. 물론 그중에서도 나를 가장 증오하는 사람은 대장이다.

"제구실하긴 틀렸어, 저건."

그러기 대장은 지금도 그 말을 아마 열 번은 되풀이했을 것이다. 그러나 그가 나를 원수처럼 증오한다는 사실은, '죽어라, 죽어!' 하며 그 고무장갑 같은 손으로 나를 구타하는 것으로 보아 더 정확히 알 수 있는 일이다. 그는 가만하고 있다가도 발작적으로 내게다 손찌검을 하는 것이다. 우리 식구 가운데서 대장이 안심하고 때릴 수 있는 대상은 나뿐이다. 다른 식구에게는 감히 손을 대지 못하는 것이다. 더구나 지숙이 앞에서는 끽소리도 못하는 것이다. 저렇게 체통이 크고 자개수염이랑 기른 대장이, 지숙에게 핀잔을 들어 가면서 마름질을 하고 앉아 있는 꼴을 볼 때 나는 신기한 생각이 드는 것이다. 지숙에게는 어떤 보이지 않는 힘이 있는지도 모르는 것이다. 웃음이라고는 지어 본 일이 없는, 탈박*같은 그 얼굴 때문일까? 어쨌든 대장이 나를 증오하는 사람이라면, 지숙은 나를 가장 경멸하는 사람인 것이다. 지숙이가 나를 경멸하는 이유는 극히 간단한 것이다. 한창 청운의 뜻✲

탈박 탈바가지.
✲ 청운의 뜻 '청운(靑雲)'은 '높은 지위나 벼슬'을 비유적으로 이르는 말로, '청운의 뜻'은 성공하여 세상에 이름을 떨치고자 하는 큰 희망을 비유적으로 이르는 말이다.

에 불타야 할 청년이 전연˙ 입신양명(立身揚名)˙에 대한 야심이 없다는 데 있는 것이다.

한참들 제멋대로 나를 깎아 내리고 있던 가족 중에서 그래도 모친은 나를 가리켜 혹시 실연이라도 한 탓이 아닐까 했다. 그러자 지숙은,

"그러면 아주 제법이게요!"

하고 일소˙에 붙인 것이다.✽ 노상 누구를 사랑할 만한 정열이 있다면 오빠는 출세 영달˙에 그토록 무관심하지는 않으리라는 것이다. 물론 지철이나 지웅이도 나를 대수롭지 않게 여기는 것은 사실이다. 그들은 영어 실력 여하에 따라 인간의 자격을 규정하고, 양행(洋行)˙을 했느냐 아니냐에 의해서 인간의 가치를 평가하려 드는 것이다. 그러한 그들의 눈에는 첫째 내 영어 실력이 의심스러운 것이다. 더구나 내가 미국 유학의 희망을 완전히 포기했다는 말을 지숙에게서 들은 그들은,

"그럼 형은 뭣 허러 살까?"

하고, 이해할 수 없다는 듯이 고개를 기웃거렸던 것이다. 지철이나 지웅에게는 즉 산다는 것은 미국 유학을 의미하는 것이다.

전연(全然) 전혀.
입신양명(立身揚名) 출세하여 이름을 세상에 떨침.
일소(一笑) 업신여기거나 깔보아 웃음.
✽ 일소에 붙인 것이다 대수롭지 않게 무시해 버린 것이다.
영달(榮達) 지위가 높고 귀하게 됨.
양행(洋行) 서양으로 감.

미해결의 장

인생의 목적은 미국 유학에 있다고 신앙하는 것이다. 이것은 비단 지철이나 지웅이만이 지닌 생각은 아니다. 대장도 지숙이도 대동소이한 의견인 것이다. 그저 모친만이 약간 다른 것이다. 모친에게는 우선 먹고사는 문제가 더 중요한 것이다. 물론 미국 유학도 나쁘지는 않지만 어떻게 하면 굶지 않고 지내느냐 하는 것이 더 절박한 문제인 것이다. 간신히 하루 두 끼를 먹어 나가는 것도 저녁은 대개 우유죽으로 굼때는 형세에, 미국 가는 비용을 장만한다는 것은 틀림없이 수수께끼와 같은 이야기인 것이다. 미국은 차치하고 밥을 굶으면서까지 다섯 아이를 학교에 보내는 일이 과연 옳은지 그른지조차 모친은 잘 알 수가 없는 것이다. 그 가느다란 목과 팔과 허리와 다리에 이미 모친은 집안을 꾸려 나갈 자신을 거의 잃고 있었기 때문이다. 모친 혼자 아무리 발버둥을 쳐 봐도, 나날이 늘어만 가는 빚을 꺼 나가는 도리가 없었던 것이다. 단 하나 생활 밑천으로 남아 있는 재봉틀마저 까딱하다가는 빚값에 거덜 날 염려가 있는 것이다. 모친은 자주 슬퍼지는 것이었다. 아이들이 미국으로 떠나는 것을 못 보고 죽을 것같이 생각되기 때문이다. 요즘 와서는 밖에 나갔다 돌아오면 자꾸 눕고만 싶어지는 것이다. 그게 다 좋지 않은 일이

신앙하다(信仰--) 믿고 받들다.
비단(非但) 부정하는 말 앞에서 '다만', '오직'의 뜻으로 쓰이는 말.
대동소이하다(大同小異--) 큰 차이 없이 거의 같다.
굼때다 불충분한 대로 이럭저럭 메우거나 치러 넘기다.
차치하다(且置--) 내버려 두고 문제 삼지 아니하다.

라고 생각하는 것이다.

  이러한 가족들에게 나는 아무것도 바라는 것이 없다. 나는 그저 어서 날이 저물기만을 기다리고 있는 것이다. 어두우면 나는 찾아갈 곳이 있다. 그것은 광순이가 저녁마다 출근하는 어두운 뒷골목인 것이다. 거기에 찾아가면 광순의 '오피스'가 있는 것이다. 광순은 골목 안에 있는 어느 집의 방을 하나 빌려 가지고 있는 것이다. 그 방을 광순은 '마이 오피스'라고 부르는 것이었다. 나는 그동안 두서너 번 광순을 따라 거기에 가 본 일이 있었다. 그러나 광순은 결코 나를 자기의 '오피스'까지 데리고 들어가지는 아니하였다. 대문 앞에서 그는 으레 백 환짜리 석 장을 내 손에 쥐어 주고는 저 혼자 들어가 버리는 것이었다. 광순은 나보다 두 살 위인 스물다섯이다. 그래서 나는 누나를 따라다니는 것처럼 겁이 안 났다. 나는 도리어 자랑스럽기도 했던 것이다. 광순은 얼마 전까지도 여자 대학생이었다. 낮에는 학교에 나가 지식을 샀고, 밤이면 뒷골목에 있는 자기 '오피스'에서 몸을 팔았다. 여자 대학생이라는 데서 광순은 단연 인기가 있었다. 그의 단골손님은 태반이 대학생이었다. 쇼트에도 딴 색시들의 올나이트보다 비싼 값에 흥정이 되었다. 그래도 지저분한

오피스(office) 사무실. 여기에서의 '오피스'는 광순이가 매음을 하는 공간(방)을 가리킴.
❋ 낮에는 학교에 나가 ~ '오피스'에서 몸을 팔았다 광순이 밤에 몸을 팔아 번 돈으로 등록금을 내고 대학에 다녔던 상황을 표현하고 있다.
쇼트(short), 올나이트(all-night) '쇼트'는 짧은 시간 동안 이루어지는 성매매를, '올나이트'는 하룻밤을 같이 지내며 이루어지는 성매매를 뜻하는 은어이다.

사내는 잘 받지 않았다. 돈뭉치를 내보이며,

"하룻밤만, 단 하룻밤만."

하고 조르는 작자도 있었다. 그는 광순이와 단 하룻밤만 잠자리를 같이 할 수 있으면 다음 날은 죽어도 좋다고 생각하는 모양이었다. 일방 광순에게 결혼을 간청하는 대학생도 있었다. 여하한˙ 물질적 정신적 조건에도 응할 터이니, 자기와 결혼해 달라고 우는 친구도 있었다. 광순에게는 확실히 어떠한 매력이 있는 것이다. 그것이 어디서 오는 매력인지를 나는 정확하게 모르는 것이다. 그러나 광순을 생각하면 그 얼굴에 넘치는 미소가 내 눈에는 먼저 보이는 것이다. 광순이라면 덮어놓고 웃는 얼굴이 떠오르는 것이다. 피부는 보이지 않고 그냥 웃음만으로 윤곽을 새겨 놓은 모습으로 느껴지는 것이다. 그와 같이 광순의 얼굴에서는 티 없이 맑은 웃음이 잠시도 사라질 줄 모르는 것이다. 나는 진정 그렇게 웃고만 있는 얼굴을 일찍이 본 적이 없는 것이다. 그 웃음이 광순이가 지닌 매력의 비밀일까? 지식층 탕아˙들이 녹아나는 것도 그 미소 탓일까? 단골손님들 사이에서 가끔 난투극이 벌어지는 것으로 보아도 광순에게는 남다른 매력이 있다는 것을 알 수 있는 것이다. 그러나 근자˙에 이 사실을 학교에서 알게 된 것이다. 신성한 학원을 욕되게 하는 자라고 하여

여하하다(如何--) 어떠하다.
탕아(蕩兒) 방탕한 사나이.
근자(近者) 요 얼마 되는 동안.

당장 퇴학 처분을 내린 것은 물론이다. 그렇다고 광순의 인기가 떨어지는 것은 아니었다. 여전히 여대생으로 통하며 도리어 손님들 사이에 동정을 끄는 것이었다.

내가 이 모양으로 광순이에 관한 생각에 잠겨 있는 동안 어느새 저녁때가 된 모양이다. 사잇문으로 음식 그릇들이 들어오기 시작했다. 역시 머룩한 우유죽이었다. 가루우유를 끓인 속에 쌀알이 간혹 섞이어 있을 정도이다. 나는 이 우유죽을 대할 때마다 콱 질리는 것이다. 식욕이 갑자기 준다. 거기서 떠오르는 특이한 냄새가 코에 젖은 것이다. 나는 그 냄새를 감당하지 못하는 것이다. 물론 다른 식구들도 마지못해 공연히 휘휘 저어 가며 약 먹듯 떠먹고 있는 것이다. 그 가운데서도 국민학교 오 학년인 지현이는 숟갈로 그릇 바닥을 저어서 쌀알만을 골라 먹고 있는 것이다. 두어 술 뜨다 말고 숟갈을 놓은 채 나는 그러한 식구들을 그저 바라만 보고 앉아 있는 것이다. 그러한 내 입에서는 무의식중에 쓸데없는 말이 흘러나온 것이다.

"지숙이가 대학을 그만둔다면, 적어도 그 비용으로 죽 대신 밥을 먹을 수 있을 텐데……."

그러자 때그락 하고 숟갈 놓는 소리가 났다. 물론 지숙이었다.

"오빠, 공부보다도 밥이 중하다구 생각하우?"

나는 일부러 지숙의 시선을 피했다.

머룩하다 미룽미룽하다. 점액질이나 액체 따위가 멀겋고 묽다.

"죽어라, 죽어, 당장 나가 즉사하란 말이다!"

그 소리가 끝나는 것과 동시에 고무장갑 같은 대장의 손이 내 따귀를 갈긴 것이다. 한쪽으로 쏠리는 상반신을 지탱하려고, 얼김에 내어 짚은 내 손이 공교롭게 옆에 있는 지현의 죽 그릇을 뒤집어엎었다. 대장의 손이 또 한 번 움직였다.

"성큼 나가 죽어 없어지지 못해!"

나는 말없이 일어나 밖으로 나왔다. 밖에는 옅은 황혼이 차일처럼 무겁게 내리덮이고 있었다. 그러나 나는 대장의 명령대로 죽으러 나온 것은 아니다. 나는 한 번도 죽음을 생각해 본 일이 없기 때문이다. 그것은 살아 있는 나와는 아무 상관도 없는 것이니까. 대장이 그처럼 권하는 죽음보다도, 차라리 나는 광순을 찾아가야 하는 이 시간의 운명을 감수하는 것이다.*

내가 광순의 '오피스' 앞에 나타났을 때는 아주 어두워 있었다. 광순은 아직 출근 전이었다. 할 수 없이 나는 대문간에서 기다리기로 했다. 배에서는 꼬르륵 소리가 났다. 광순은 얼마 오래지 않아서 왔다.

"오래 기다렸수?"

얼김 어떤 일이 벌어지는 바람에 자기도 모르게 정신이 얼떨떨한 상태.
차일(遮日) 햇볕을 가리기 위하여 치는 포장.
✽ 나는 광순을 찾아가야 하는 이 시간의 운명을 감수하는 것이다 대장이 죽으라고 했을 때 '나'가 할 수 있는 일은 광순을 찾아가는 일밖에 없다. '나'는, 광순을 찾아가는 일은 자신으로서는 어찌할 수 없는, 이미 정해져 있는 일이기에 '운명'이라 표현하면서 '감수', 즉 그러한 처지를 받아들일 수밖에 없다고 생각한다.

나는 고개를 모로 저었다. 광순은 이내 핸드백을 열고 백 환짜리 석 장을 꺼내 주었다. 나는 그 돈을 받아 들고 바로 골목 어귀에 있는 도넛집으로 갔다. 젠자이를 청했다. 언젠가 여기서 광순이에게 나는 젠자이를 얻어먹은 일이 있었던 것이다. 또 배에서 소리가 났다. 나는 불시에 기름이 자르르 흐르는 쌀밥과 김이 떠오르는 만둣국을 생각하는 것이었다. 그러나 잠시 뒤 내 앞에 날라 온 것은 진한 세피아 색깔의 젠자이였다. 나는 좀 당황한 것이다.

"아닙니다. 나는 여태 저녁을 굶었습니다. 정말입니다. 저녁을 굶었습니다."

그리고 나는 일어서 나가려 했다. 젠자이를 날라 온 아주머니가 내 소매를 붙잡았다.

"이건 뭐예요. 누굴 놀리는 거예요?"

"놀리다니요……. 난 밥을 먹어야 하거든요. 만둣국에 꼭 밥을 먹어야 한단 말예요."

"이이가 미쳤나 봐. 아니 그럼 어째서 젠자이 청했어요?"

"아, 돈을 치르문 되잖소? 자, 이렇게 돈만 치르문 그만 아뇨."

나는 백 환짜리를 한 장을 꺼내서 탁자 위에 놓고 나온 것이다. 나는 어떡해서든 밥을 먹어야 한다는 생각이 들었다. 그것

젠자이〔善哉〕 '팥고물을 묻힌 떡' 혹은 '단팥죽'을 뜻하는 일본어.
세피아(sepia) 검은색에 가까운 흑갈색.

은 만둣국하고가 아니라도 좋은 것이다. 어떻든 기름이 흐르는 백반 한 그릇이 필요한 것이다. 몇 군데 기웃거리다가 나는 마침내 어떤 양식점으로 들어갔다. 의자에 앉아서 메뉴를 들여다보니 여러 가지가 적혀 있다. 그 가운데 '돈까스'라는 글자가 있었다. 왜 그런지 나는 그 발음이 내게 알맞는 것 같았다. 만둣국만은 못해도 나는 오래간만에 돈가스와 백반을 먹어 보고 싶었다. 하지만 자세히 들여다본즉, 그 밑에는 삼백 환이라는 가격이 기입되어 있었다. 옆에 와 지키고 있는 소녀더러 나는 돈가스는 얼마냐고 물어보았다. 소녀는 좀 깔보는 눈치로,

"거기에 적혀 있는 대로예요."

했다.

"틀림없이 삼백 환이란 말이지?"

"그렇다니까요!"

나는 일어서는 수밖에 없었다. 이백 환밖에 소지금˚이 없으니, 백 환을 더 장만해 가지고 오겠다고 일러 놓고 나는 밖으로 나왔다. 그러나 나는 이상히 마음이 놓이질 않는 것이다. 나는 되돌아가 그 소녀에게 십 분 안으로 꼭 백 환을 더 마련해 가지고 오겠다는 것을 약속했다. 소녀뿐 아니라 거기 있는 사람들은 일제히 나를 경멸하는 눈초리로 바라보는 것이다. 나는 그 길로 식당을 나와 광순의 '오피스'를 향해 뛰어갔다. 나는 그 문간에

소지금(所持金) 몸에 지니고 있는 돈. 또는 가진 돈.

서 있는 한 색시에게 부탁해서 광순을 불러냈다. 무슨 일인가 하고 광순은 이내 따라 나왔다. 나는 급히 쓸 일이 있다고 하고 백 환을 더 청했다. 광순은 잠자코 백 환짜리를 한 장 내 손에 얹어 주었다.

"난 결코 이 돈을 나쁜 데 쓰려는 게 아닙니다. 윤기가 흐르는 백반을 먹으려는 겁니다. 꼭 백 환이 모자라거든요."

광순은 그러면 같이 가 먹자고 따라섰다. 마침 저녁도 설치고 온 김이라, 오래간만에 돈가스 맛을 좀 보겠다는 것이다. 나는 앞장서서 자신 있게 양식점 문을 밀고 들어섰다. 그러나 아까의 그 소녀는 눈에 띄지 않았다. 몸이 불편해서 방금 돌아갔다는 것이다. 나는 실망한 것이다. 광순을 떠밀듯이 하고 나는 밖으로 나오고 말았다. 우리는 결국 딴 음식집으로 가서 비빔밥을 먹기로 한 것이다. 주문한 음식을 기다리는 동안 광순은 내게 엉뚱한 질문을 하였다.

"대체 날 뭐 하러 찾아오군 하세요? 지상(志尙)은 나한테 뭣을 기대하느냔 말예요."

물론 나는 그 말에 대답하지 못한 것이다. 나는 짜장˙ 광순에게 무엇을 요구하는 것일까? 그건 확실히 내게는 과중한˙ 질문인 것이다. 너는 왜 사느냐? 하는 물음이나 다름없기 때문이다.

짜장 과연 정말로.
과중하다(過重--) 지나치게 무겁다.

그 질문의 여독˙으로 인해서 돌아오는 길에도 나는 골치가 아팠다. 광순의 미소에서도 나는 좀 실망한 것이다. 낡은 노트장의 여백에다, 이런 군소리를 끄적거리고 있는 지금도 나는 딱하기만 한 것이다.

유월 어느 날

 어느새 장마는 아니련만 어제부터 내리는 비가 그칠 줄을 모른다. 이런 날은 더욱 실내의 먼지가 밖으로 빠지지를 못하고 고여 있는 것이다. 하두 먼지를 많이 마셔서 그런지 인제는 내 목구멍에서까지 봉당 내˙가 나는 것이다. 방에 있으면서도 전신이 비에 젖은 것처럼 눅눅해 견딜 수 없는 것이다. 그것은 몸뿐 아니라, 마음이나 영혼까지도 꿀쩍하니 젖어 있는 것같이 느껴지는 것이다. 이런 주제로 그래도 나는 무슨 해결을 기다리고 있는 것이다. 언필칭˙ 대장은 날더러 죽으라고만 한다. 죽기만 하면 만사는 해결 난다는 듯이. 그러면 대장은 어째서 자기가 죽으려고 하지 않을까? 저녁마다 사이다병으로 하나씩 마시는 술맛을 잊지 못해서일까? 아들딸이 미국 가서 박사, 석사 자격

여독(餘毒) 채 풀리지 않고 남아 있는 독기.
봉당 내 '봉당의 냄새'란 의미로, '봉당'은 '티끌' 혹은 '토방(흙바닥)'을 뜻하는 사투리임.
언필칭(言必稱) 말을 할 때마다 이르기를.

을 얻어 가지고 돌아올 때를 기다리기 위해설까? 그러면서 나 보고만 죽으라는 것이다. 그러나 이렇게 살아 있는 나 자신이 죽을 수 있을까? 나는 사실 죽음보다도 더 절실히 기다리는 것이 있는 것이다. 어쩌면 영원히 없을지도 모르는 내 인생의 해결에 관해서 나는 병신처럼 생각하고 있는 것이다. 그러나 다행히도 오늘은 아침부터 쉬지 않고 재봉틀 소리가 들리는 것이다. 재료난으로 여러 날을 놀던 판이라, 하루에 봉창을 때자는* 셈인지, 식구들은 제품 작업에 몰두하고 있는 것이다. 그들은 빗소리에 전연 개의치 않는 것이다. 가끔 세차게 쏟아지는 빗소리에 재봉틀 소리까지 실없이 무력해지기도 하는 것이다. 그보다도 지금 내 옆에서 히―히―거리는 선옥(善玉)의 울음소리가 나는 더 견딜 수 없는 것이다. 대체 열아홉 살이나 먹은 계집애가 저토록 울음을 해결이라고 오인하는 수가 있을까? 선옥은 모친의 언니의 딸이라, 나와는 이모사촌 간인 것이다. 그는 일주일 전에 군산서 소위 청운의 뜻을 품고 상경한 것이다. 서울서 어디든 취직이라도 해 가지고, 대학에 다니고 싶다는 것이다. 대학을 마치는 길로 미국 유학을 가겠다는 지숙의 편지를 받을 적마다, 선옥의 향학열은 불길같이 타올랐다는 것이다. 지숙이처럼 미국 유학은 못 갈망정, 국내에서라도 대학은 꼭 나와야 되겠다

✻ 봉창을 때자는 손해 본 것을 벌충하자는(보태어 채우자는).
이모사촌(姨母四寸) '이종사촌(이모의 자녀)'의 사투리.
향학열(向學熱) 배움에 뜻을 두어 그 길로 나아가려는 열의.

는 생각으로 서울만 가면, 이모네도 있고 해서 어떻게 되려니 싶어 왔다는 것이다. 그러나 선옥은 상경 후 며칠이 못 가서 자기 앞에는 절벽이 가로놓여 있다는 것을 깨달은 것이다. 믿고 온 이모네 집안이란 게 이 꼴인 데다가, 취직 또한 조련찮은˚ 일인 걸 깨닫고 보니, 대학은 차치하고 앞으로 먹고산다는 것조차 난감한 일이었다. 그래도 대장은, 선옥의 앞에서 체면을 잃지 않으려고 자개수염을 비틀면서, 이렇게까지 생활을 절약하는 것은, 아이들의 미국 유학의 막대한 비용을 장만하기 위해서라는 것이다. 그러면서 선옥이더러는 고향에 돌아가라는 것이다. 하루에도 몇 번씩 따지는 것이다. 그때마다 선옥은 어린애처럼 히— 히— 우는 것이다. 처음 선옥이가 우는 것을 보았을 때, 나는 백치가 아닌가 느꼈다. 히— 히— 하는 그 울음소리라든지 울다는 웃고, 웃다는 울고 하는 품이 도무지 예사롭지 않아 보였던 것이다. 내일이라도 고향 집으로 돌아가라고 대장이 따지듯 하면, 선옥은 울면서 돌아가지 못할 이유를 설명하는 것이다. 선옥은 세 살 때 부친을, 아홉 살 때 모친을 잃고, 오빠의 손에서 길러난 것이다. 오빠의 덕으로 간신히 고등학교까지 나왔다는 것이다. 그러나 최근의 오빠는 마약 환자로서 폐인에 가깝다는 것이다. 선옥이가 학교를 나오자, 인제는 돈벌이를 해서 자기의 약(아편)값을 당하라는 오빠의 명령이었다. 올케는 올케

조련찮다 만만할 정도로 헐하거나 쉽지 아니하다.

대로, 그만큼 돌봐 줬으니 앞으로는 취직을 해서 곤궁한 살림을 도우라는 것이었다. 선옥은 그래도 대학에 가겠노라고 우겼더니 그럴 테면 부잣집 첩이나 양갈보로 팔아 버리겠다고 오빠가 못살게 굴었다는 것이다. 그래서 선옥은 결국 오빠하고도 올케하고도 싸우고 서울로 뛰어 올라왔다는 것이다. 오빠와 올케는 이모네들 — 특히 지숙을 원수처럼 생각하고 있다는 것이다. 왜냐하면, 자기는 미국 유학을 가느니, 현대 여성은 과거와 달라 밥을 굶어도 최고 학부를 나와야 하느니 하고, 아무것도 모르는 선옥을 충동였다고 해석하기 때문이라는 것이다. 그 말을 들었을 때 나는 갑자기 이종형인 선옥의 오빠가 좋아졌던 것이다. 내가 선옥이었다면 정말 남의 첩이 되어서든, 양갈보질을 해서든 이종형의 마약 값을 당하고, 그 집 살림을 도와주었을걸 하고 후회했던 것이다. 나는 지금도 선옥의 울음소리를 들으며 내가 여자였더라면 하는 생각에 취해 보는 것이었다. 그렇다면 나는 광순을 따라 그 '오피스'에 나가도 무의미하지는 않을 것이다. 선옥은 다행히 여자가 아니냐. 그리고 여자도 물론 인간이 아니냐. 인간의 일이 어찌 저렇게 값싼 눈물로 해결될 수 있단 말이냐. 나는 참말 왜 이리 어이없는 생각만을 되풀이하는 것일까?

양갈보(洋--) 서양 사람에게 몸을 파는 여자.
충동이다(衝動--) 어떤 일을 하도록 남을 부추기거나 심하게 마음을 흔들어 놓다.
✤ 그 말을 들었을 때 ~ 선옥의 오빠가 좋아졌던 것이다 '나'는 밥도 먹기 힘든 처지에 미국 유학만을 최고로 여기는 지숙에 대해 좋지 않게 생각하고 있다. 그런데 이종형 역시 그런 지숙을 미워한다는 말을 듣고, 자신과 같은 생각을 한 이종형이 좋아졌다는 것이다.

갑자기 방문이 열리며, 누가 자신 없이 나를 찾는 소리가 들리었다. 그것이 뜻밖에도 십여 살 먹은 사내애였다. 소년은 나를 손가락질하며,

"저 아저씨 말야요. 울 아버지가 좀 오래요."

했다. 나는 그놈이 누군지 얼른 알아보지 못했다.

"너의 아버지가 누구냐?"

"아, 울 아버지 몰라요. 날마다 놀러 오문서두······."

소년은 문 선생의 아들이었다. 소년은 비에 젖어서 꾀죄죄해 있었다. 나는 이유도 묻지 않고 일어나 소년을 따라 나갔다. 하나밖에 없는 지우산°을 소년과 같이 받고, 발이 빠지는 골목을 돌아갔다. 그러다가 나는 갑자기 걸음을 멈추었다. 어느 집 추녀 밑에 유령이 나타나 있었기 때문이다. 그도 다 찢어진 지우산을 받고 서 있었다. 해골처럼 바짝 마른 몸에 낡은 레인코트를 입고, 머리에는 방한모를 눌러쓰고 있었다. 떼꾼한° 눈이 나를 노려보고 서 있는 것이다. 그가 문 선생이라는 것을 깨달은 것은 몇 분 뒤였다.

"웬일입니까? 방한모를 다 떨쳐 쓰구."

문 선생의 얼굴은 몹시 창백하였다. 입술이 퍼렇게 된 것을 보니 추운 모양이었다.

지우산(紙雨傘) 기름 먹인 종이를 발라 만든 우산.
떼꾼하다 눈이 쑥 들어가고 생기가 없다.

"자네 광순이 얘길 밀고했을 테지?"

"밀고라니요?"

나는 선뜻 그 의미를 알아차릴 수가 없었다.

"광순이 직업 말이야. 그 애 직업이 뭐라는 걸 진성회 동지들에게 밀고하지 않았느냐 말야?"

그 말을 듣자 나는 정말 어이없었다. 여기까지 따라 나온 것을 후회하였다.

"문 선생! 그렇게 당치 않은 얘길랑 그만둡시다. 그게 대체, 문 선생이나 제게 무슨 관계가 있습니까?"

"자넨 왜 그렇게 고의적으로 날 오해하는지 몰라. 내게 있어서는 그게 사활(死活)에 관한 문제가 아닌가? 그렇게 중대한 문제가 아닌가? 내게 상관이 없다니?"

"그러면 문 선생의 생사가 내 손에 달렸단 말씀입니까?"

"자넨 내 말을 통 못 알아듣는구먼. 내 속을 좀 알아 달란 말이야. 내일이 바루 진성회 제육 차 정기 총회가 아닌가? 그동안 광순의 직업에 관해서 동지들을 속여 온 것이, 나는 얼마나 괴로웠는지 몰라. 그러기 이번 회의 때는 모든 것을 사실대루 자백하구 나서, 어떤 가혹한 처벌이라두 달게 받을 각오였네. 그러나 혹시 자네가 밀고를 했다면, 벌써 회장이나

밀고하다(密告--) 남몰래 넌지시 일러바치다.
사활(死活) 죽기와 살기라는 뜻으로, 어떤 중대한 문제를 비유적으로 이르는 말.

장 선생이 알구 있을 거란 말야. 그렇다면 나는 오늘 안으로 죽어 버리는 수밖에 없어. 그 수치스런 사실을 내 입으루 고백하기 전에, 동지들이 이미 알구 있다면, 나는 자살하는 길밖에 도리가 없단 말이네."

나는 입을 봉한 채 하릴없이 문 선생의 얼굴을 바라보고 있었다. 아니 그건 문 선생이 아니다. 문 선생의 유령에 불과한 것이다.* 유령이 아니고야 그렇게 맹랑한 말을 정색하고 지껄일 수 있을까? 나는 그대로 발길을 돌이키고 말았다. 문 선생이, 아니 그 유령이 처마 밑에서 쓰러지듯 뛰어나와 내 소매를 잡았다.

"이거 봐, 지상이. 나는 그 문제 때문에 이 며칠 동안 잠을 못 자구 고민했네. 여동생이 인육시장•에서 벌어 오는 돈으루 나와 내 가족이 살아가고 있다는 사실만두, 낯을 들 수 없는 일인데, 진실하고 성실하게만 살려는 동지들이 알구 있다면 대체 날 뭘루 보겠나? 세상에 나처럼 불행한 죄인은 없을 거야!"

그의 야윈 볼 위를 눈물이 한 방울 주르르 흘러내리는 것이다. 나는 더 견딜 수 없어서 걸음을 옮겨 놓았다.

"여보게, 지상이. 바른대로 좀 대답을 해 주게나. 회장이나 장 선생이 알구 있는가? 그 사실을 정말 알구 있느냐 말야?"

✤ 아니 그건 문 선생이 아니다. 문 선생의 유령에 불과한 것이다 여동생은 가족의 생계를 위해 몸을 팔고 있는데, 오빠인 문 선생은 그런 여동생에게 미안해하기는커녕 그 사실을 수치스럽게 여기며 진성회 회원들에게 숨겨 왔던 것에 대해서만 죄의식을 느끼고 있다. '나'는 이런 문 선생을 인간의 자격을 잃은 존재로 보고, 껍데기뿐인 유령과 같은 존재라고 생각하고 있다.
인육시장(人肉市場) 매춘부들이 몸을 파는 곳을 비유적으로 이르는 말.

"문 선생! 당신은 유령이 아닙니까? 이미 인간의 유령이란 말예요. 유령이 그리 추근추근하게 굽니까?"

"유령?"

"그렇습니다. 문 선생은 유령입니다. 하기는 세상 사람이 죄다 유령인지두 모릅니다. 문 선생은 그래 유령 아닌 인간을 본 적이 있습니까?"

약간 얼굴이 질려, 눈을 크게 뜨고 나를 쳐다보는 문 선생을 그대로 무시해 버리고 나는 다시 걷기 시작했다. 그러나 집 앞에까지 돌아와서도 나는 도무지 방에 들어갈 용기가 나지 않았다. 유령이라는 말을 수없이 입 속으로 뇌어 보며 나는 잠시 문 앞에 서 있었다. 안에서는 여전히 재봉틀 소리가 흘러나왔다. 그것은 빗소리에 눌려 약하게 들렸다. 저건 유령의 신음 소리에 틀림없다고 나는 생각했다.

좀 뒤에 나는 골목 밖으로 걸어 나가고 있는 자신을 발견하였다. 인간도 유령도 아닌 너무나 막연한 자신의 몰골을.* 하여튼 나는 한사코 걸어 나가고 있는 것이었다. 나도 어디든 가야 할 게 아니냐! 우리 집 식구들이 미국 가기 위해서만 살듯이 나도 살아 있는 이상 어디든 가야 할 게 아니냐 말이다. 그러는 동안

✻ 인간도 유령도 아닌 너무나 막연한 자신의 몰골을 '해결'이 무엇을 의미하는지 명확하지 않지만 여하튼 '나'가 생각하기에 진정한 인간이란 어떤 '해결'을 지은 존재를 가리킨다. 그러나 '나'는 '해결'을 짓지 못하고 있다. 이런 점에서 '나'는 스스로를 문 선생과 같은 유령도 아니지만 그렇다고 진정한 인간도 아니라고 생각한다.

에도 내 발길은 어느새 광순네 집을 향하고 있는 것이었다. 내가 어디를 가야 할 것을 광순이가 가르쳐 주겠다고 약속이라도 한 것처럼 나는 광순이를 찾아가는 것이다. 그러나 전찻길을 건너 국민학교 담장을 끼고 돌아가다가 저만큼, 쓰러질 듯한 몸을 어린 아들에게 의지하고 걸어가는 문 선생의 파리한 뒷모양을 발견하고 나는 걸음을 멈추고 말았다. 그 자리에 서서 문 선생의 모양이 보이지 않을 때까지 바라보았다. 그러고 나서 나는 다시 발길을 돌이키었다. 문 선생네 집에 찾아가기를 단념하고, 광순의 '오피스'가 있는 뒷골목에 먼저 가 기다리기로 한 것이다. 우산을 받았지만 빗발이 후려쳐서 아랫도리는 쥐어짜게 젖었다. 좀 뒤에 나는 목적한 뒷골목에 이르렀다. 시간이 이른 탓인지 비가 와서 그런지 오늘은 유달리 한산했다. 나는 광순의 '오피스'가 있는 대문 앞에 한동안 서 있다가, 마침내 대문을 밀고 뜰 안에 들어섰다. 맞은편 대청에서는 여자만 네댓 명 둘러앉아 저녁을 먹고 있었다. 그중의 한 노파가 목을 길게 뽑고 나를 내다보며 웬 사람이냐고 물었다. 나는 광순의 이름을 댔다. 노파는 나를 미심쩍게 위아래로 훑어보고 나서 광순은 아직 오지 않았다고 했다.

"네, 건˙ 옳은 말씀입니다. 그래서 난 광순이 방에 들어가서 광순이를 기다리려고 하는 것입니다. 광순이 방이 어느 건질 몰라 그럽니다."

건 '그것은'이 줄든 말.

그러나 노파는 조금도 내 속을 알아주려고 하는 사람이 아니었다. 덮어놓고 밖으로 나가서 기다리라는 것이다. 노파하고는 전연 얘기가 통하지 않는 것이다. 나는 구원이나 청하듯이 식탁에 둘러앉아 있는 색시들을 향해 광순의 방을 가르쳐 달라고 애원해 보았다. 그러나 색시들도 역시 같은 대답이었다. 나는 할 수 없이 밖으로 나왔다. 나는 대문간에 우두커니 서서 세 시간 가까이나 기다린 것이다.

광순은 완전히 어두워서야 왔다. 오늘따라 나는 광순의 방에 들어가 보고 싶었다. 그래야만 할 것 같았다. 광순은 순순히 내 청을 들어주었다. 들어선 방은 좁은 한 간이었다. 개켜서 뒤켠으로 밀어 놓은 이부자리에 넘어지듯 나는 기대앉았다. 나의 심신은 몹시 피로해 있었던 것이다. 나는 이러한 피로가 어디서 오는 것인지를 정확히 알 수가 없었다. 그것은 저녁을 굶은 탓만은 아닌 것 같았다. 나는 눈을 감았다. 어디가 편찮으냐고 광순이가 묻기에, 그냥 피곤해 그런다고 했더니, 광순은 이내 요를 펴 주며 잠시 누워서 쉬라고 했다. 나는 할 수 없이 광순이가 시키는 대로 했다. 내가 자리에 눕자 이불을 덮어 주고 나서 광순은 경대˙ 앞에 앉아 화장을 시작하는 모양이었다. 나는 누운 채 고개를 돌려 피로한 눈으로 광순을 바라보았다. 슈미즈˙ 바람

경대(鏡臺) 거울을 버티어 세우고 그 아래에 화장품 따위를 넣는 서랍을 갖추어 만든 가구.
슈미즈(chemise) 프랑스 어로, 여성의 양장용 속옷의 하나.

으로 광순은 경대 앞에 앉아 있었다. 졸지에 나는 몹시 불안해지기 시작했다. 광순의 희멀건 피부가 나를 압박해 오기 때문이다. 나는 어느새 도로 상반신을 일으키고 있었다. 그리고 나는 떨리는 음성으로 중얼거린 것이다.

"나두 무슨 목적이 있어야 하지 않습니까? 광순이를 찾아오는 무슨 뚜렷한 목적 말입니다."

광순은 내게로 얼굴을 돌리었다. 그저 언제나 다름없이 웃는 얼굴이다.

"오빠가 한번은 날더러 지상이하구 연애하느냐구 합디다. 지상이를 사랑하느냔 말예요."

"그래서, 그래서 뭐랬소?"

"버얼써 연애가 끝났다구 했죠. 그래서 지상이는 나한테 위자료를 받으러 다닌다구 그랬어요."

나는 요 위에 일어나 앉아 있었다. 머리가 점점 더 무거워지는 것이다. 나는 의미도 없이 세수하듯 두 손으로 얼굴을 문대겨 보는 것이다. 밖에서 광순을 부르는 소리가 났다. 사내의 음성이었다. 광순은 얼른 저고리만 걸치고 밖으로 나갔다. 몇 마디 얘기가 오고 갔다. 광순은 이내 돌아 들어와서 손님이 왔으니 인제 고만 돌아가라는 것이었다. 나는 물론 광순이가 하라는

졸지 (흔히 '졸지에' 꼴로 쓰여) 갑작스런 판국. 갑자기.
위자료(慰藉料) 정신적 고통이나 피해에 대한 배상금.

대로 하는 수밖에 없었다. 일어나 나오려다 말고 나는 손을 내밀었다. 광순은 핸드백을 집어다가 그 속에서 백 환짜리 석 장을 꺼내 주었다. 내가 대문간을 나서려니까 거기에 젊은 사내가 서 있었다. 나는 걸음을 멈추고 정신없이 지껄였다.

"자, 어서 들어가십시오. 그리고 광순에게 뭐든 자신 있게 요구하십시오. 나두 이렇게 삼백 환의 위자료를 받아 가지구 갑니다."

나는 참말 별수 없는 인간인 것이다. 나는 도무지 무슨 해결을 얻을 수 없는 인간인지도 모르는 것이다. 나는 별안간 허기증을 강렬히 의식하며 대문 밖으로 나선 것이다. 비는 이미 멎어 있었다.

유월 어느 날

문 선생네 집을 찾아가는 길에 나는 오늘도 콘크리트 담장의 구멍에 눈을 대고 국민학교 운동장을 들여다보는 것이다. 그러나 오늘은 수업 시간인 모양이다. 넓은 운동장에는 불과 육칠십 명의 아동들이 선생의 호령에 따라서 동일한 동작을 반복하고 있을 뿐이었다. 아직 완전히 발육하지 못한 인간의 세균은, 앞으로 지구덩이의 피부를 파먹어 들어가기 위해서 열심히 단련하고 있는 것이라고 나는 공상할 수가 있는 것이다. 피부가 썩어서 느질느질˚ 무너나고˚ 구정물이 질질 흐르는 지구덩이를 상상하며 나는 구멍에서 눈을 떼고 침을 뱉었다. 그리고 나 자신의 피부까지 근질거리는 것같이 느끼며, 문 선생네 집을 향해 나는 넓은 공터를 가로질러 건너갔다.

　광순은 여태 자고 있었다. 윗목에 요를 깔고 아무것도 덮지 않은 채 반듯이 누워 있는 것이다. 파리 떼가 성가셔 그런지 얼굴을 신문지로 가리고 있었다. 한쪽 다리만 쭉 펴고, 한쪽 다리는 가드라쳐 세우고 있는 것이다. 스커트가 홀렁 벗겨져서 드로즈˚만 입은 아랫도리는 노출되어 있었다. 내가 소리 없이 방 안에 들어섰을 때 문 선생은 아랫목 벽에 기대앉아 그러한 광순의 모양을 정신없이 바라보고 있는 것이었다. 나를 보자 문 선생은 어이없이 당황해하는 것이었다. 나는 물론 그처럼 경솔한 문 선생의 태도에 구애˚받을 필요가 없는 것이다. 나는 잠자코 광순이 옆에 가 누워 버렸다. 이대로 한숨 늘어지게 잠을 자야 하는 것이다. 나는 밤에는 통 잠을 못 자는 것이다. 그 대신 낮잠으로 봉창을 때는 것이다. 그러나 집에서는 낮잠마저 제대로 잘 수 없는 것이다. 그래서 나는 여기에 자주 낮잠을 자러 오는 것이다. 단지 조용한 탓일까? 혹은 광순이가 옆에 있어 주는 탓일까?

느질느질　물체가 물크러질 정도로 힘없이 자꾸 축 처지거나 물러지는 모양.
무너나다　상처가 헐어서 떨어져 나가다.
드로즈(drawers)　무릎 길이의 속바지.
구애(拘礙)　거리끼거나 얽매임.

광순이를 믿기 때문에 문 선생이 마음 놓고 앓을 수 있듯이, 나 역시 광순이가 있기 때문에 안심하고 잘 수 있는 것일까? 그렇지만 나보다도 문 선생은 더욱 광순이를 무시할 수 없는 것이다. 그럼에도 불구하고 문 선생은 광순을 무시하려 드는 버릇이 있는 것이다. 특히 며칠 전 제육 차 진성회 월례 회의 때는, 생판 추태˙를 보였던 것이다. 그날 문 선생은 우리 대장과 장 선생 앞에서 광순의 직업을 사실대로 고백한 것이다. 동시에 어린애처럼 소리 내 울면서 인제는 안심하고 죽을 수 있노라고 했다. 대장과 장 선생은 잠시 말을 못 하고 얼굴만 마주 보았다. 그들은 조금 전까지만 해도, 판에 박은 듯한 그들의 인생론을 한바탕 피력했던˙ 것이다. 물론 그것은, 진실하고 성실한 생활에 돌아가야만 인류는 구원을 얻을 수 있다는 것, 그렇건만 현대인은 거개˙가 비진실한 생활의 감탕˙ 속으로만 빠져 들어가고 있다는 것, 그러나 자기네 진성회 동지들만은 초연히˙ 진실하고 성실하게 살 뿐 아니라, 나아가서 민족과 인류를 위해서 진실하고 성실한 사업에 일생을 고스란히 바치자는 내용인 것이다. 물론 그러한 담론˙ 가운데서, 대장은,

---

추태(醜態) 더럽고 지저분한 태도나 짓.
피력하다(披瀝--) 생각하는 것을 털어놓고 말하다.
거개(擧皆) 거의 대부분.
감탕 갯가나 냇가 따위에 깔려 있는, 몹시 질어서 질퍽질퍽한 진흙.
초연히(超然-) 어떤 현실 속에서 벗어나 그 현실에 아랑곳하지 않고 의젓하게.
담론(談論) 이야기를 주고받으며 논의함.

"나보다 약하고 불행한 사람을 위해서 전심전력으로 봉사해야 한다."

는 말을 수없이 되풀이했고, 장 선생 또한 '사필귀정'을 말끝마다 연발했던 것이다. 그러나 대장과 장 선생의 생각으로는, 광순의 생활 방법이란 진실이나 성실과는 정반대로 여지없이 타락한 윤락의 생활임에 틀림없는 것이다. 그런 까닭에 문 선생의 고백을 듣고 난 그들은 졸지에 입이 얼어붙고 말았던 것이다. 그러자 문 선생은 방바닥에 엎드려 껑껑 느껴 울며, 속죄의 의미로서 자기는 동지들의 손에 죽어야 하겠으니, 이 비굴한 놈을 당장 죽여 달라고, 그 가죽과 뼈만 남은 가슴을 두들겼다는 것이다. 이러한 이야기를 나는 광순에게서 들은 것이다. 그날 대장과 장 선생은 낯을 잔뜩 찡그리고, 마치 광순을 뱀이나 옴두꺼비처럼 노려보다가 돌아갔다는 것이다. 지금도 눈을 감고 맥없이 벽에 기대 있는 문 선생의 그림자 같은 자세를 바라보고 있는 내 눈에는, 당장 죽여 달라고 하며 그 야윈 가슴을 난타하는 문 선생의 모양이 자꾸만 떠오르는 것이다.

"문 선생!"

윤락(淪落) 여자가 타락하여 몸을 파는 처지에 빠짐.
옴두꺼비 '두꺼비'를 달리 이르는 말. 두꺼비의 몸이 옴딱지 붙은 것과 같이 보이는 데서 유래한다.
　옴딱지 옴진드기가 기생하여 일으키는 피부병인 '옴'이 올라 헐었던 자리에 피나 진물 따위가 말라붙은 딱지.
맥없이(脈--) 기운이 없이.

나는 무의식중에 그렇게 불렀다. 문 선생은 무겁게 눈을 떴다. 그리고 광채 없는 시선을 내게로 보냈다.

"문 선생은 진정 죽고 싶습니까? 꼭 죽어야만 하겠습니까?"

"나는 지금두 죽음을 생각하구 있었네. 자네 어른과 장 선생은, 절대로 죽어서는 안 된다구 하네. 아무쪼록 건강을 회복해 가지구, 민족과 인류를 위해, 진실하고 성실한 일을 하다가 죽어야 속죄가 되지 않느냐구 하며, 앞으로 광순이두 그 윤락의 세계에서 건져 내도록 힘써 보자구 하네. 그렇게 고마운 말이 어딨나. 그처럼 나를 참된 애정과 동정에서 위로해 줄 사람이 어딨냐 말일세. 그러나 아무리 생각해도 나는 죽어야만 할 것 같어. 내 병이나 광순의 운명은 도저히 동정이나 위로만 가지구는 해결날 수 없지 않은가?"

"해결?"

나는 벌떡 일어났다. 그것은 뜻밖의 말이었기 때문이다. 문 선생에게서 해결이라는 말을 들으리라고는 예기하지 못했던 것이다. 그러나 나는 이내 도로 누워 버리고 말았다. 이 방 안의 공기도 역시 우리 집이나 매일반•으로 무거운 것이었다.

"문 선생! 당신은 죽으면 모든 문제가 해결된다고 생각합니까?"

"물론이지. 죽기만 하면 만사는 마지막이니까!"

매일반(--般) 매한가지. 마찬가지.

"물론이라구요? 그래 당신이 죽는다구 해서 이 세상이 달라진단 말입니까? 당신만 없어지면 그래 지구덩이의 피부병이 완치된단 말입니까?"

"자넨 어째서 나를 덮어놓구 오해만 하려구 하나? 내 속을 좀 알아 달란 말야……."

문 선생의 말을 다 듣지 않고 나는 돌아누워 버리고 말았다. 그리고 나는 귀를 막았다. 나는 도대체 무엇 때문에 문 선생과 이렇게 맹랑한 문답을 하는 것일까? 나는 눈을 감고 귀를 가린 채 이 방 안의 광경을 그려 보는 것이다. 문 선생이나, 광순이나, 나나, 한결같이 그것은 우울한 광경임에 틀림없는 것이다. 우울하기보다도 오히려 처참한 광경이 아닐까? 그러나 저녁때 나는 집에 돌아와서 더 처참한 광경을 목격한 것이다. 목간 가는 광순이를 따라 일어나서, 집에 돌아와 보니, 가족들이 모두 송장처럼 축 늘어져 있는 것이었다. 정말 숨이 끊어진 것은 아니지만 내게는 그렇게 송장처럼 보였던 것이다. 머리며 옷매무새가 형편없이 헝클어진 모친은 방 한가운데 꼼짝 않고 누워서, 간혹 신음 소리를 내고 있었다. 그리고 넝마 무더기 위에는 대장이, 마치 로댕의 '생각하는 사람'과 같은 자세로 죽치고 앉아 있는 것이다. 물론 나를 거들떠보지도 않았다. 한편 지숙은 흡사 실신한 사람 모양으로 멍하니 벽에 기대어 앉아 있었다.

실신하다(失神--) 병이나 충격 따위로 인해 정신을 잃다.

표독스러우리만큼* 야무진 얼굴이 저렇듯 머랑해질* 수가 있을까! 다만 선옥이만이 아직도 살아 있다는 듯이 어깨를 추며 히— 히— 울고 있는 것이다.

나는 이내 가족들이 축 늘어져 있는 까닭을 알 수가 있었다. 그것은 재봉틀이 놓여 있던 자리가 비어 있었기 때문이다. 물어볼 필요조차 없는 일이었다. 빚값에 재봉기를 뺏기고 만 것이다. 죽어도 못 놓겠다고 하며 모친은 재봉틀에 매달려서 문 밖까지 질질 끌려 나갔다는 것이다. 나는 문 안에 버티고 선 채, 도무지 자신을 어떻게도 할 수 없는 것이다. 나는 아무래도 무슨 행동을 가져야 할 것이다. 그러나 도대체 나는 무엇을 행동할 수 있을 것인가? 나도 그저 자신이 어이없을 뿐이다. 나는 마침내 어이없는 말을 지숙에게 던진 것이다.

"내 너 취직시켜 줄까?"

지숙은 흥미 없이 나를 보았다. 그러나 그것은 확실히 나를 경멸하는 눈이었다. 나는 더 권할 필요를 느끼지 않았다. 그 대신 나는 선옥에게 같은 말을 비추어 본 것이다.

"선옥이 너 취직시켜 줄까?"

선옥은 젖은 눈으로 나를 쳐다보았다. 그의 눈은 분명히 기대에 빛났다. 나는 그 기대에 응해 주지 않아서는 안 될 것이다.

표독스럽다(慓毒---) 사납고 독살스러운 데가 있다.
머랑해지다 문맥상 '생기가 없고 멀겋게 되다'의 의미임.

반 시간쯤 뒤에 나는 선옥을 데리고 광순의 '오피스'가 있는 골목에 이르렀다. 이미 어두워 있었다. 광순은 방금 세수를 하고 돌아와서 경대 앞에 앉는 참이었다. 선옥은 멋쩍게 히쭉 웃더니 주저하지 않고 따라 들어왔다. 나는 광순에게 선옥을 소개했다.

"선옥에겐 무엇보다도 직업이 필요합니다. 그동안 직업을 구하지 못해 날마다 울며 지냈습니다. 직업이란 청운의 뜻보다도 소중한 모양입니다."

나는 그런 말을 덧붙인 것이다. 누구 앞에서고 제 사정 얘기나 남의 내막˚ 얘기를 언급한 일이 없는 광순은, 역시 아무것도 묻지 않았고 또 아무런 말도 하지 않았다. 그저 웃는 낯으로 선옥을 바라볼 뿐이었다. 방 안에 들어와서부터 선옥은 차츰 풀이 꺾였다. 그는 기운 없는 눈으로 광순의 시선을 피해 나를 바라보았다. 나는 일부러 외면하고, 선옥이나 나는, 점심 저녁 두 끼나 굶고 있다는 것을 광순에게 말했다. 그러자 광순은 두 끼쯤은 문제가 아니라는 것이다. 자기는 다섯 끼를 굶어 본 경험이 있다는 것이다. 그래 놓고 광순은 골목 밖에 있는 음식집으로 우리를 데리고 간 것이다. 거기서 나는 지난번처럼 비빔밥을 먹으면서, 선옥은 취직이 되겠지만, 나는 어떻게 하나 생각해 본 것이다. 나는 갑자기 선옥이가 부러워지는 것이었다. 음식점을

내막(內幕) 겉으로 드러나지 아니한 일의 속 내용. 속사정.

나와 가지고도, 나는 성큼 헤어지지 못하고 광순의 '오피스'가 있는 대문 앞까지 쭈뼛쭈뼛 따라간 것이다. 광순은 그러한 나를 쳐다보며, 하여튼 취직 문제와는 별도로, 선옥일랑 당분간 자기가 맡겠노라고 했다. 그러더니,

"자, 위자료를 드릴까요!"

하고 삼백 환을 내미는 것이었다. 나는 정신없이 그 돈을 받아 들었다. 나는 잠시 그대로 더 머뭇거리고 서 있었다. 그러면 너무 늦기 전에 돌아가라면서 광순은 몸을 돌려 대문 안으로 사라지려고 했다. 그제야 나는 큰일 난 듯이 광순의 소매를 붙잡은 것이다.

"난 돈이 필요한데요. 돈이 말입니다. 꼭 돈이 좀 있어야겠단 말이에요."

광순은 서슴지 않고 또 삼백 환을 꺼내 주는 것이었다.

"아닙니다. 광순이는 날 오해하고 있습니다. 나는 아무래도 큰돈이 좀 필요합니다."

광순은 잠시 내 얼굴을 쳐다보다가,

"얼마나요?"

하고 물었다.

"광순은 나를 몰라줍니다. 나는 큰돈이 있어야 합니다. 재봉틀두 찾아야 하구, 동생들의 미국 갈 비용두 있어야 하지 않습니까?"

그러나 이것은 광순에게 할 말이 아니라고 깨달았다. 따라서

이것은 내가 생각하는 것도 할 말도 아니었다고 후회한 것이다. 어리둥절한 채 서 있는 광순에게, 어서 들어가 보라고 권하고 나는 어두운 골목을 걸어 나오고 말았다. 그러면서 나는 누구에게 무안을 당한 것 같은 기분이었다. 두 번째 골목을 전찻길 쪽으로 꺾으려고 하는데, 누가 내 어깨를 툭 치는 것이다. 낯선 청년이다. 그는 할 말이 있다고 하며 으슥한 골목으로 나를 끌고 가는 것이다. 그 골목에는 비슷비슷한 청년들이 대기하고 있었다. 다가서는 그들의 입에서는 술내가 풍기었다. 나는 결코 유리할 수 없는 사건을 각오했다. 그러나 나는 조금도 겁나지는 않았다.

"우리를 무얼루 아는 거야?"

연거푸 다른 놈이,

"왜 버릇없이 덤비는 거야?"

나는 어찌 된 판인지 영문을 알 수가 없는 것이다.

"버릇없이 덤비다니요?"

"건방진 자식……. 광순일 함부루 건드리지 말란 말이다!"

순간 나의 오른 켠 귀청*이 왕 하고 울었다. 눈에서는 불이 튀었다. 그것은 고무장갑 같은 손이 아니었다. 내가 왼쪽으로 비틀거리자 이번엔 왼쪽 따귀에서 짝 소리가 났다. 연달아 주먹과 발길이 무수히 내 몸뚱이에 떨어졌다. 어디를 어떻게 얻어맞는지

---

* 귀청 고막.

나는 분간할 수 없었다. 마침내 나는 그 자리에 꼬꾸라지고 만 것이다. 그러나 나는 정신을 잃지는 않았다. 턱과 손에 끈적거리는 선혈을 의식하면서, 무의식중에 나는,

 "광순이, 광순이!"

하고 신음 소리처럼 불러 보는 것이었다.

■ 「현대문학」(1955. 6) ; 『비 오는 날』(일신사, 1959)

선혈(鮮血) 생생한 피.

미해결의 장 **작품 해설**

● 등장인물 들여다보기

지상

지상은 법대를 그만둔 채 자신의 삶에 대해 어떤 해결을 짓겠다고 생각하면서도, 광순의 방에서 낮잠을 자는 것으로 하루하루를 보내는 23세의 청년입니다. 지상이 이처럼 무위도식하는 인물이 된 것은 미래에 대한 꿈이나 올바른 삶에 대한 믿음을 상실했기 때문입니다. 그는 대장(아버지)의 바람처럼 법관으로서의 꿈을 꾸지 않으며, 동생인 지숙, 지웅처럼 미국 유학의 꿈을 키우지도 않습니다. 또한 진성회 회원들처럼 진실하고 성실하게 살겠다고 다짐하지도 않습니다. 사람들은 누구나 저마다의 꿈이나 이상적인 삶을 간직하고 있기 마련인데, 지상은 그러한 것들을 모두 잃어버린 인물인 것입니다. 자신의 꿈이나 삶에 대한 믿음을 상실한 데서 한걸음 나아가, 지상은 지숙이나 진성회 회원들을 비판적으로 바라봅니다. 지숙이 대학을 그만둔다면 그 비용으로 죽 대신 밥을 먹을 수 있다고 말하기도 하고, 대장과 문 선생, 장 선생을 비판적으로 바라보고 있지요.

지숙, 지웅, 지철, 지현

지상의 동생들로, 미국 유학의 꿈을 먹고 사는 인물들입니다. 지상을 노골적으로 경멸하는 지숙은 그들의 대변자입니다. 지숙은 끼니를 죽으로 때우면서도 미국 유학의 꿈만은 이루기 위해 극도의 고통을 견뎌 나갑니다. 당연히 그녀는 미국 유학을 포기한(출세하고자 하는 꿈을 버린) 지상을 경멸하고 있지요.

작가는 왜 이런 인물을 등장시킨 것일까요? 아마도 당대 사람들을 사로잡고 있던 아메리칸드림(American dream), 즉 미국에 가면 무슨 일을 하든 무조건 행복하게 잘살 수 있으리라는 생각을 비판하기 위해서일 것입니다. 물론 미국 유학의 꿈이 꼭 나쁘다고는 할 수 없을 것입니다. 그러나 문제는 그 꿈으로 인해 너무나 큰 고통을 겪어야 한다는 점입니다. 지숙이 웃음을 잃은 채 "언제나 양초처럼 희기만 한 얼굴"을 하고 있는 것도, 어머니가 "해골처럼 뼈만 남아 있는 것"도 모두가 그 고통 때문인 것입니다. 꿈이 없는 삶은 인간다운 삶이 아니지만, 그 꿈이 오히려 인간에게 고통만을 줄 때, 그 꿈은 비판의 대상이 되지 않을 수 없습니다.

대장(지상의 아버지), 문 선생, 장 선생

"국가 민족과, 인류 사회를 위해서 진실하고 성실한 일을 하다가 죽자"는 취지로 '진성회'를 결성한 인물들입니다. 그럼에도 그들은 그러한 뜻을 이룰 수 있는 능력을 갖추지 못한 사람들입니다.

대장은 일제 강점기에 법관이 되기 위해 여러 차례 '고문' 시험을 치렀으나 꿈을 이루지 못했습니다. 그렇기에 아들이 대신하여 자신의 그 꿈을 이루어 주기를 바라며 '입신양명', '웅지'를 자식들에게 주장하고 있지요. 그러나 그러한 거창한 뜻과는 어울리지 않게, 대장은 현실적으로는 매일 술 한 병씩을 먹는 무능력한 가장

입니다.

　위장병으로 인해 생활력을 상실하여 누이동생이 몸을 팔아 벌어 온 돈으로 연명하는 문 선생과, 아내가 준교사로 일하면서 벌어 온 돈으로 살아가는 장 선생 역시 대장과 유사한 인물들이지요. 대장은 물론이고, 누이동생의 직업에 죄의식을 느끼면서 자살을 결심하는 문 선생이나, 사필귀정을 내세우는 장 선생 모두 진성회의 취지를 실현시킬 수 있는 인물이 아닌 것입니다.

　작가는 그들의 이중적인 모습을 드러냄으로써, 실재로는 그렇지 못 하면서도 국가와 인류를 위해 살겠다는 식의 거창한 이념을 내세우거나, 사람은 진실하고 성실해야 한다는 식의 통상적인 가치들을 주장하는 사람들을 조롱하고 있는 것입니다.

광순

광순은 대학을 다니면서, 오빠와 조카들, 그리고 어머니를 위해 몸을 팔아 가족의 생계를 책임지고 있는 25세의 여인입니다. 그녀는 몸을 판다는 사실이 발각되어 대학교에서 쫓겨나지만 "언제든 눈부신 미소가 사라진 적이 없"지요.

　광순이라는 인물의 특성은 지숙과 비교할 때 잘 드러납니다. 지숙은 미국 유학의 꿈을 꾸며 극도의 궁핍을 견뎌 나갑니다. 그 대신 그녀는 웃음을 잃어버렸지요. 반면 광순은 지숙보다 더 비참한 처지임에도 불구하고 지숙과는 달리 웃음을 잃지 않는 인물로 그려져 있습니다. 또한 지상에 대한 그녀들의 태도 역시 대조적입니다. 지숙은 지상을 경멸하는 데 반해, 광순은 그에게 아무 조건 없이 매번 낮잠을 잘 수 있는 이부자리와 허기를 채울 수 있는 밥값을 제공해 주지요. 지상의 입장에서 보면, 광순은 무조건적으로 헌신을 하면서도 웃음을 잃지 않는 숭고한 여인으로 작가 손창섭의 초기 작품에서 보기 드문 긍정적 인물이라는 점에서 주목됩니다.

● 작품 Q&A

"선생님, 궁금해요!"

Q 이 작품의 시간적, 공간적 배경은 어떻게 되나요?

A 이 작품이 발표된 시기는 6·25 전쟁이 끝난 지 2년밖에 되지 않은 1955년입니다. 이러한 작품의 발표 시기와 작품 속에 제시되어 있는 내용을 종합해 볼 때, 이 작품은 전쟁 직후의 한국 사회를 배경으로 하고 있다고 할 수 있습니다. "부산에 피난 가 있는 동안"이나 "사변 통에 총탄이 남긴 구멍" 등의 표현에서 작품의 시대적 배경을 짐작할 수 있을 것입니다.

배경에 대해 좀 더 구체적으로 살펴본다면, 6·25 전쟁이 끝나고 환도한 서울의 어느 동네가 공간적 배경이고, 오월부터 유월까지가 시간적 배경입니다. 작품의 배경과 관련하여 특히 주목해야 할 것은 손창섭의 어느 작품과 마찬가지로 질척질척 '비'가 내리고, 주로 '방'에서 이런저런 일이 벌어진다는 것입니다. 〈비 오는 날〉처럼 이 작품 역시 '비'는 우울한 분위기를 조성하며, '방'은 밀폐된 공간으로서 주인공의 답답한 마음 혹은 암담한 상태를 드러내는 역할을 한다고 볼 수 있습니다.

Q 주인공 지상의 태도가 너무 이상해요. 초등학생들을 박테리아에 비유하는 것도, 친척 동생인 선옥에게 몸 파는 일을 직업으로 소개하는 것도 이해가 되지 않아요. 도대체 왜 그러는 거지요?

A 앞서 '등장인물 들여다보기'에서 설명하였듯이 지상은 미래에 대한 꿈이나 올바른 삶에 대한 믿음을 상실한 사람입니다. 이런 사람을 흔히 허무주의자라고 일컫는데, 허무주의자들은 일반적인 꿈이나 가치관의 소유자들, 즉 일반인들에게는 이해되지 않는 언행을 하곤 합니다. 지상이 바로 그런 인물입니다. 허무주의자는 꿈이나 일반적인 가치관을 부정하는 만큼, 그러한 것들을 중시하는 일반인들을 혐오하고 불신하기 마련입니다. 지상도 마찬가지인데요, 예를 들어 지상은 아메리칸드림이나 진실되고 성실하게 살자는 생각들을 부정적으로 생각하며, 그런 가치관에 따라 살아가는 가족들이나 진성회 회원들을 혐오합니다. 여기에서 한 걸음 더 나아가 지상은 초등학생들을 보면서 지구를 병들게 하는 박테리아라고 생각하며 혐오감을 표현합니다. 왜냐하면 바로 그 초등학생들이 일반적인 가치관의 소유자들, 즉 혐오의 대상이 되는 일반인으로 성장해 갈 인물들이라고 생각하기 때문입니다.

선옥의 경우도 마찬가지입니다. 몸을 파는 일은 일반적인 가치관으로는 도저히 용납될 수 없는 일입니다. 그럼에도 지상은 여자로 태어난 선옥을 부러워하고, "직업이란 청운의 뜻보다도 소중한 모양입니다."라고 말하면서 선옥을 광순에게 소개하여 선옥으로 하여금 몸 파는 일을 하게 만들려 합니다. 이처럼 몸 파는 일을 직업이라고 표현하는 것은 일반적인 가치관을 매우 과격하게 부정하는 것이라 볼 수 있습니다.

지상의 이러한 모습은 지나치게 극단적이며, 일반인들의 가치관을 무시하는 태도라고 비판할 수 있습니다. 그러나 또 한편으로는 우리가 일반적으로 갖고 있는 꿈이나 가치관을 심각하게 되돌아볼 수 있는 계기를 마련해 준다는 점에서 의미가 있습니다.

Q 그렇다고 해도 어떻게 몸 파는 행위를 직업이라 표현할 수 있고, 그런 직업을 가진 광순을 긍정적으로 바라볼 수 있지요? 좀 더 자세히 설명해 주세요.

A 과연 작가가 몸 파는 일을 진정으로 의젓한 직업이라고 생각하는 것일까요? 이 질문에 대한 답은 선옥과 지상이 광순을 찾아가서 두 끼나 굶었다고 말하자, 광순이 "두 끼쯤 문제가 아니"라며 "자기는 다섯 끼를 굶어본 경험이 있다"라고 말하는 데서 단서를 얻을 수 있습니다. 광순을 긍정적으로 바라보는 데는 '굶어 죽을 지경'이라는 단서가 붙어 있는 것입니다. 굶어 죽을 지경에 처했을 때 일반적인 꿈(미국 유학의 꿈)이나 가치들(진성회의 취지)은 사실상 무의미하다는 것이지요.

작가는 사람들이 일반적이며 표면적으로 간직하고 있는 가치관이나 희망과는 무관하게, 인간으로서 보일 수 있는 진실한 모습들을 중요시했습니다. 광순은 바로 그러한 작가의 생각을 드러내는 인물입니다. 그녀는 비록 몸을 파는 여인으로, 일반적인 가치관으로 볼 때는 비난받아 마땅하지만, 그녀로 인해 다섯 명의 가족이 생계를 유지하고 있습니다. 자신이 희생하여 다섯 명이 목숨을 부지할 수 있다면 그 사람의 삶은 오히려 숭고하다고 말할 수 있지 않을까요? 광순은, 몸 파는 여자이지만 마음만은 세상의 어느 누구보다 순결한 〈죄와 벌〉의 '소냐'처럼 스스로를 희생해서 타인이 살 수 있도록 해 주는 구원의 여인상으로 제시되고 있는 것입니다.

Q 대장, 문 선생, 장 선생의 모습이 서술된 부분을 읽다 보면 자꾸 웃음이 나와요. 왜 그런 걸까요?

A 대장이나 문 선생, 장 선생은 표면적으로 내세우는 거창한 뜻에 비해 현실적으로는 매우 초라한 모습을 보여 주고 있습니다. 그들은 진실하고 성실하게 살아야 하며 인류를 위해 봉사해야 한다고 주장하면서도 실상은 매일 술을 마시는 모습, 생활 능력을 상실한 폐인의 모습, 빵 한 조각을 떳떳하게 대접할 수 없는 초라한 모습을 보여 줍니다. 웃음이 나오는 이유는 바로 이것들, 즉 거창함과 초라함 사이의 간극 때문입니다. 예를 들어 장 선생은 손님에게 밀가루 빵을 대접하다가 부인이 오자 "남아 있는 빵을 접시째 번개같이 집어다가 앞치마 밑에" 감추고는 얼굴이 석고처럼 굳어 버립니다. 그가 빵을 감춘 것은 아마도 가난한 살림에 빵을 대접하였다는 사실

을 부인이 알게 되었을 때 곤욕을 치르게 되기 때문이겠지요. 이 장면에서 웃음이 나오지 않을 수 없는데, 그 이유는 번개같이 빵 접시를 숨기는 장 선생의 행동이 평상시 거구의 사내로서 항상 '사필귀정'을 내세우며 근엄한 모습을 보이던 모습과는 너무나 비교되기 때문입니다. 즉, 작가는 대장, 문 선생, 장 선생을 통해 인간들의 이중적인 모습을 조소하고 비판하고 있는 것이라 할 수 있습니다.

Q 작품의 제목이 왜 '미해결의 장'일까요? 그리고 지상이 낯선 청년들에게 두들겨 맞는 마지막 장면은 어떤 의미를 갖는 것일까요?

A 지상은 작품의 첫 장면에서부터 시작하여 계속해서 '해결'이라는 단어를 되뇌이며 무언가 해결을 해야 한다고 생각합니다. 그러면서도 실질적으로는 아무 일도 하지 않고 광순의 이부자리를 왕래하기만 합니다. '해결'의 사전적 의미는 '어떤 문제나 사건 따위를 풀거나 잘 처리함'인데요, 지상은 도대체 어떤 문제를 해결해야 한다고 생각하는 것일까요? 그 단서는 선옥이 대학생이 되고 싶은 꿈을 이루지 못하여 어린아이처럼 울 때 "인간의 일이 어찌 저렇게 값싼 눈물로 해결될 수 있단 말이냐"라고 생각하는 부분, 그리고 광순을 찾아가 오히려 광순에게 "나두 무슨 목적이 있어야 하지 않습니까? 광순이를 찾아오는 무슨 뚜렷한 목적 말입니다."라고 묻는 부분에서 발견할 수 있습니다.

우선 지상이 문제 삼는 '인간의 일'이란 통상 우리가 인생이란 무엇일까, 인간다운 삶이란 무엇일까 등에 대해 고민할 때의 문제, 즉 삶이나 인생과 관련된 본질적이고 추상적인 문제를 의미합니다.

그리고 그것은 지상이 광순에게 자신의 목적이 무엇이냐고 물어보는 데서 알 수 있듯이 삶을 살아가는 궁극적인 목적과 관련된 문제일 수밖에 없습니다. 그런데 지상은 이 인생과 삶의 문제를 해결하지 못합니다. 해답을 찾지 못하는 것입니다. 6·25 전쟁 직후의 암울한 상황이 한 원인이기도 하겠지요. 아마도 작가는 이러한 작품 내용을 단적으로 표현하기 위해 '미해결의 장'이라는 제목을 붙였을 것입니다.

지상이 낯선 사내들에게 두들겨 맞는 마지막 장면 역시 제목과 무관하지 않습니다. 주인공은 인생의 문제를 해결한다고 광순을 찾아가곤 하는데, 타인의 눈에 그것은 광순을 귀찮게 하거나 괴롭히는 일로 비칠 수 있습니다. 아마도 그 낯선 사내들이란 유흥가의 건달이거나 혹은 광순을 짝사랑한 사람과 그의 친구들일 것입니다. 이 전혀 예기치 않은 결말은 삶이란 자신의 의도대로 이루어지지 않으며, 미해결의 상태가 지속될 뿐이라는 작가의 생각을 표현하는 것이라 볼 수 있습니다.

❋ 더 읽어 봅시다 ❋

6·25 전쟁 직후, 한국 사회의 윤리적 상황을 다룬 작품

이범선, 〈오발탄〉 _〈미해결의 장〉이 모든 가치를 부정하는 허무주의자의 모습을 보여 주고 있다면, 〈오발탄〉은 월남민인 영호 가족을 통해 당대 사회의 윤리적 혼란을 그려 내고 있다. 영호의 여동생(명숙)은 몸 파는 여인으로 전락하고, 제대 군인인 동생(영호)은 강도 혐의로 구속되며, 아내는 출산을 하다 죽는 상황에서, 맏형인 영호가 택시를 탄 채 갈 곳을 몰라 하는 마지막 장면은 삶의 방향을 상실한 당대 사회의 상황을 상징적으로 제시하고 있다.

잉여 인간(剩餘人間)

　이 작품에는 치과 의사인 서만기와 그의 친구인 천봉우, 채익준이 등장합니다. 세 인물은 중학교 동창이지만 너무나 다른 성격을 지니고 있습니다. 이들은 6·25 전쟁 직후의 당대 사회에 대해 각기 다른 삶의 태도를 보여 줍니다. 세 인물의 삶의 방식과 태도가 어떻게 다른지, 작품을 읽으며 살펴봅시다.

잉여(剩餘) 쓰고 난 후 남은 것. 나머지.

만기치과의원(萬基齒科醫院)에는 원장인 '서만기' 씨와 간호원 '홍인숙' 양 외에도 거의 날마다 출근하다시피 하는 사람 둘이 있다. 그 한 사람은 비분강개(悲憤慷慨)파 '채익준' 씨요, 다른 한 사람은 실의의 인간 '천봉우' 씨다.

두 사람은 다 같이 서만기 원장의 중학교 동창생이다. 그들은 도리어 원장보다도 먼저 나와서 대합실에 자리 잡고 신문을 읽고 있는 날도 있었다. 더구나 채익준은 간호원보다도 일찍 나오는 수가 많았다. 큼직한 미제 자물쇠가 잠겨 있는 출입문 앞에 버티고 섰다가 간호원이 나타날 말이면,

"미스 홍, 오늘은 나에게 졌구려."

익준은 반가운 낯으로 맞이하는 것이었다. 그런 날은 인숙이

비분강개(悲憤慷慨) 의롭지 못한 것에 대하여 슬프고 분하여 의기가 북받침.
실의(失意) 뜻이나 의욕을 잃음.
대합실(待合室) 공공시설에서 손님이 기다리며 머물 수 있게 마련한 곳.

가 아침 청소를 하는 데 한결 편했다. 한사코 말려도 익준은 굳이 양복저고리를 벗어부치고 소매까지 걷고 나서서 거들어 주기 때문이다. 대합실과 진찰실을 합쳐도 겨우 다섯 평이 될까 말까 한 방이지만, 익준은 손수 마룻바닥에 물을 뿌리고 방구석이나 테이블 밑까지도 말끔히 쓸어 내는 것이다. 무슨 일에나 몸을 사리지 않고 앞장을 서는 그의 성품은 이런 데도 잘 나타났다. 청소가 끝나면 익준은 작달막한 키에 가로 퍼진 그 둥실한 몸집을 대합실 의자에 내던지듯 털썩 걸터앉아서 신문을 본다. 그러노라면 원장과 천봉우가 대개 전후해서 나타나는 것이다.

오늘도 간호원을 도와 실내 청소를 마치고 난 익준은, 대합실에 자리 잡고 신문을 펴 들었다. 아마도 세상에 그처럼 충실한 신문 독자는 없을 것이다. 이 병원에서 구독하고 있는 두 종류의 신문을 그는 한 시간 이상이나 시간을 소비해 가며, 첫 줄 첫 자부터 끝줄 끝 자까지 기사고 광고고 할 것 없이 하나도 빼지 않고 죄다 읽어 버리는 것이다. 익준은 또한 그저 신문을 읽는 데만 그치지 않는다. 거기 보도된 기사 내용에 대해서 자기류°의 엄격한 비판을 가할 것을 잊지 않는 것이다. 지금도 익준은 신문을 보다 말고 앞에 놓여 있는 소형 탁자를 주먹으로 내리치며 격분하여 고함을 질렀다.

자기류(自己流) 남이 하는 방식을 따르지 않고 자기 생각에 따라 독창적으로 하는 방식.

"천하에 이런 죽일 놈들이 있어!"

참지 못해 신문을 든 채 벌떡 일어섰다. 익준은 진찰실로 달려 들어가서 그 신문지를 간호원의 턱 밑에 들이대며,

"미스 홍, 이걸 좀 봐요. 아니, 이런 주리를 틀 놈이 있어 글쎄!"

눈을 부라리고 치를 부르르 떨었다. 신문 사회면에는 어느 제약 회사에서 외국제 포장갑(包裝匣)을 대량으로 밀수입해다가 인체에 유해한 위조품을 넣어 가지고 고급 외국 약으로 기만 매각하여 수천만 환에 달하는 부당 이득을 취하였다는 기사가 크게 보도되어 있었다. 인숙이가 그 기사를 읽는 동안 익준은 분을 누르지 못해 진찰실과 대합실 사이를 왔다 갔다 하며 혼자 투덜거렸다. 이윽고 인숙에게서 신문지를 도로 받아 든 익준은 그것을 돌돌 말아 가지고 옆에 있는 의자를 한 번 딱 치고 나서,

"그래 미스 홍은 어떻게 생각해. 이놈들을 어떻게 처치했으면 속이 시원하겠느냐 말요?"

마치 따지고 들듯 했다.

"그야 뻔하죠 뭐. 으레 법에 의해서 적당히 처벌될 게 아니겠어요."

주리 죄인의 두 다리를 한데 묶고 다리 사이에 두 개의 긴 막대기를 끼워 비트는 형벌.
기만(欺瞞) 남을 속여 넘김.
매각하다(賣却--) 물건을 팔아 버리다.
환(圜) 우리나라의 옛 화폐 단위. 1환은 1전(錢)의 100배이다. 1953년 2월 15일부터 1962년 6월 9일까지 통용되었다.

그러자 익준은 한층 더 분개해서 흡사 인숙이 범인이기나 한 듯이 핏대를 세우고 대드는 것이었다.

"뭐라구? 법에 의해서 적당히 처벌될 게라? 아니 그래 이따위 악질 도배˙들을 그 뜨뜻미지근한 의법˙ 처단으루 만족할 수 있단 말요! 미스 홍은 그 정도루 만족할 수 있느냔 말요. 무슨 소리요, 어림없소. 이런 놈들은 그저 대번에 모가질 비틀어 버리구 말아야 돼. 아니 즉각 총살이다. 그저 당장에 빵빵 하구 쏴 죽여 버리구 말아야 돼. 그러구도 모가지를 베어서 옛 날처럼 네거리에 효수(梟首)를 해야 돼요. 극형˙에 처해야 마땅하단 말요!"

"어마, 선생님두 온. 끔찍스레 그렇게까지 할 게 뭐예요!"

"끔찍하다? 아 그럼 그놈들을 몇만 환의 벌금이다 몇 년 징역이다 하구 감방 속에 피신시켜 놓구 잘 처먹구 낮잠이나 자게 하다가 세상에 도로 내놔야 옳단 말요?"

익준은 잠시 인숙을 노려보듯 하다가,

"이거 봐요, 미스 홍. 우리가 누구 때문에 이렇게 못사는지 알우? 우리나라가 누구 때문에 이렇게 피폐˙해 가는지 알우? 모두가 이따위 악당들 때문이오. 이거 봐요. 그런 놈들은 말야

도배(徒輩) 함께 어울려 나쁜 짓을 하는 무리.
의법(依法) 법에 의거함.
효수(梟首) 죄인의 목을 베어 높은 곳에 매달아 놓음. 또는 그런 형벌.
극형(極刑) 가장 무거운 형벌이라는 뜻으로, '사형(死刑)'을 이르는 말.
피폐하다(疲弊--) 지치고 쇠약하여지다.

잉여 인간

이완용이나 마찬가지 역적이오! 나라야 망하든 말든 동포들이야 가짜 약을 사 쓰구 죽든 말든 내 배때기만 불리면 그만이라구 생각하는 그딴 놈들은 살인강도 이상의 악질범이오. 그런 놈들을 극형에 처하지 않으니까 유사한 사건이 꼬리를 물구 발생한단 말요. 난 그놈들의 뼈를 갈아 마셔두 시원치 않겠소……."

익준은 아직도 분을 끄지 못해 이를 가는 것이었다. 그는 대합실 의자에 돌아가 앉아서 다른 기사들을 읽어 내려가다가도 갑자기 땅이 꺼지게 한숨을 푸 내쉬고는,

"천하에 죽일 놈들 같으니……."

내뱉듯 하고 비참한 표정을 짓는 것이었다.

그가 나머지 기사를 죄다 주워 읽고 차츰 흥분도 가라앉을 때쯤 해서야 이 병원의 주인이 나타났다. 서만기 원장은 언제나처럼 부드러운 미소를 보이며 가방을 들고 문 안에 들어선 것이다.

"어서 나오게!"

익준은 늘 하는 식으로 인사를 건네고 나서 만기가 흰 가운을 걸치고 자리에 앉기가 바쁘게,

"여보게 만기. 세상에 그래 이런 날도둑놈들이 있나!"

그렇게 개탄하고 신문을 펴 들고 만기 곁으로 가 앉는 익준의

이완용(李完用) 조선 고종 때 일본에 나라를 넘기는 데 앞장선 친일파(1858~1926).
개탄하다(慨歎--/慨嘆--) 분하거나 못마땅하게 여겨 한탄하다.

얼굴은 흥분으로 도로 붉어지기 시작했다. 만기는 여전히 품˙ 있는 미소를 머금은 채,

"그러지 않아두 집에서 신문을 보구 자네가 또 몹시 격분했으리라구 짐작했네."

그러면서 담배 케이스를 열고 먼저 익준에게 권하였다. 권하는 대로 익준은 손을 내밀어서 한 대 뽑아 들었다.

"이게 나 혼자만 격분할 일인가? 그럼 자네나 딴 사람들은 심상하다˙ 그 말인가?"

"아니지. 남달리 정의감과 의분˙이 강한 자네니까 남보다 몇 배 격분하지 않을 수 없으리란 말일세. 그렇지만 혼자 흥분해서 펄펄 뛰면 뭘 하나!"

만기도 탄식하듯 하였다. 둘은 담배에 불을 붙여 물었다.

"정의감의 강약이 문젠가, 이 사람아. 그래 이런 극악무도한 놈들을 보구 가만하구˙ 있을 수 있겠나. 가슴속에서 불덩이가 치미는데 잠자쿠 있을 수 있느냐 말야!"

익준은 만기가 함께 흥분해 주지 않는 것이 불만인 모양이었다. 그때 마침 봉우가 기척도 없이 슬그머니 문 안에 들어섰다. 언제나 다름없이 수면 부족이 느껴지는 떠름한˙ 얼굴이다. 그는

품(品) 품위. 사람이 갖추어야 할 위엄이나 기품.
심상하다(尋常--) 대수롭지 않고 예사롭다.
의분(義憤) 불의에 대하여 일으키는 분노.
가만하다 어떤 대책을 세우거나 손을 쓰지 아니하고 그대로 있다.
떠름하다 좀 얼떨떨한 느낌이 있다.

잉여 인간   121

먼저 인숙이 쪽을 바라보고 다음에 만기와 익준을 번갈아 보면서 멋쩍게 씩 — 하고 웃었다. 그러고는 거의 자기 자리로 정해진 대합실 소파의 맨 구석 자리에 조심히 걸터앉았다. 그러자 자기의 흥분을 같이 나눠 줄 사람이 나타났다는 듯이 익준은 탁자 위에 놓았던 신문을 집어서 봉우 눈앞에 바로 가져다 댔다.

"봉우, 이거 봐. 글쎄 이런 능지처참할 놈들이 있느냐 말야!"

익준은 핏대를 세우며 다시 흥분하기 시작했다. 봉우는 선잠을 깬 사람처럼 어릿어릿한 표정으로 익준을 쳐다보았다. 희미하게 웃었다. 그리고 흥미 없이 신문을 받아 들었다.

"뭐 말이야?"

"뭐 말이야가 뭐야, 이런 빙충이 같은 녀석. 아 그래 자네 눈깔엔 이게 안 뵌단 말야?"

화가 동해서 견딜 수 없다는 듯이 익준은 손가락 끝으로 톱기사의 주먹 같은 활자를 찔렀다. 봉우는 강요당하듯이 제목을 입속말로 읽었다. 내용은 마지못해 두어 줄 읽다가 말았다. 이어 딴 제목들을 대강 훑어보고 나서 봉우는 도로 신문을 접어서 탁자 위에 얹었다. 그러더니 만기와 익준을 번갈아 쳐다보고 웃으려다가 말았다. 익준은 더 참을 수 없다는 듯이 고함을 질렀다.

능지처참하다(陵遲處斬--) 예전에, 왕권을 범하는 큰 죄를 지은 자에게 과하던 극형. 죄인을 죽인 뒤 시신의 머리, 몸, 팔, 다리를 토막 쳐서 각지에 돌려 보이다.
선잠 깊이 들지 못하거나 흡족하게 이루지 못한 잠.
빙충이 똘똘하지 못하고 어리석으며 수줍음을 잘 타는 사람.
톱기사(top記事) 머리기사. 신문·잡지 따위에서, 첫머리에 싣는 중요한 기사.

"왜 아무 말이 없는 거야?"

봉우는 동정을 구하듯 하는 눈동자로 만기와 익준을 번갈아 보았다.

"임마, 그래 넌 아무렇지도 않단 말야? 눈 뜬 채 코를 베어 먹히구두 심상하단 말야?"

"누가 코를 베어 먹혔대? 난 잘 안 봤어!"

봉우는 얼른 신문을 다시 집어 들었다. 그러자 익준은 그 신문지를 홱 낚아채서는 탁자 위에다 힘껏 동댕이를 치고 나서,

"이런 쓸개 빠진 녀석*⋯⋯. 에잇, 난 다신 자네들과 얘기 않네!"

우뚤해 가지고 홱 돌아서더니 댓바람에 문을 차고 나가 버렸다.

익준이 다시는 안 올 듯이 밖으로 사라지자 한동안 어리둥절하고 있던 봉우는 다시 신문을 집어 들고 기사 제목을 대강 더듬어 보기 시작하였다. 봉우는 언제나 그랬다. 게슴츠레한 낯으로 대합실에 나타나면 익준이 한 자 빼지 않고 샅샅이 읽고 놓아 둔 신문을 펴 들고, 건성건성 제목만 되는 대로 주워 읽고 마는 것이다. 그리고 나서는 진찰을 받으러 온 환자처럼 말없이

❋ 쓸개 빠진 녀석 '정신을 바로 차리지 못하는 사람'을 낮잡아 이르는 말이다.
우뚤하다 우직스럽게 성을 내다.
댓바람 ('댓바람에', '댓바람으로' 꼴로 쓰여) 일이나 때를 당하여 서슴지 않고 당장.

우두커니 앉아서 시간을 보내는 것이다. 그의 시선은 자주 간호원에게로 간다. 그때만은 그의 눈도 노상 황홀하게 빛난다. 그러다가 간호원과 시선이 마주치면 봉우는 당황한 표정으로 외면해 버리는 것이다. 빼빼 말라붙은 몸집에 키만 멀쑥하게 큰 그는 언제나 말이 적고 그림자처럼 조용하다. 어딘가 방금 자다 깬 사람 모양 정신이 들어 보이지 않는 표정을 하고 있다. 하기는 그는 대합실 구석 자리에 앉은 채 곧잘 낮잠을 즐긴다. 봉우의 낮잠 자는 모양이란 아주 신기하다. 소파에 앉은 대로 허리와 목을 꼿꼿이 펴고 깍지 낀 두 손을 얌전히 무릎 위에 얹고는 눈을 감고 있다. 그리고 자는 것이다. 그는 밤에 집에서 잘 때에도 자세를 헝클어뜨리지 않는다고 한다. 천장을 향하고 반듯이 누우면 다음날 아침까지 몸을 움직이지 않고 그대로 잔다는 것이다. 그러한 봉우는 언제나 수면 부족을 느끼고 있다고 한다. 그것은 6·25 사변을 치르고 나서부터 현저해졌다는 것이다. 전차나 버스를 타도 자리를 잡고 앉기만 하면 그는 으레 잠이 들어 버린다. 그렇지만 자다가도 그는 자기가 내릴 정류장을 지나쳐 버리는 일이 없다. 자면서도 그는 차장˚의 고함 소리를 꿈 속에서처럼 어렴풋이 듣고 있기 때문이다. 밤에 집에서 잘 때에도 그렇다. 자는 동안에도 그는 주위에서 일어나는 소리를 다 들을 수 있다. 재깍재깍 시계 돌아가는 소리, 천장이나 부엌에

차장(車掌) 기차, 버스, 전차 따위에서 찻삯을 받거나 차의 원활한 운행을 위해 일하는 사람.

쥐 다니는 소리, 아내나 아이들의 잠꼬대며 바깥의 바람 소리까지도 들으면서 잔다. 말하자면 봉우는 오관(五官) 중 다른 감각 기관은 다 자면서도 청각만은 늘 깨어 있는 셈이다. 그러니까 자연 깊은 잠을 이루지 못한다. 그렇게 된 연유를 그는 6·25 사변으로 돌리는 것이다. 피난 나갈 기회를 놓치고 적치(赤治) 삼 개월을 꼬박 서울에 숨어 지낸 봉우는 빨갱이와 공습에 대한 공포감 때문에 잠시도 마음 놓고 깊이 잠들어 본 적이 없다고 한다. 밤이나 낮이나 이십사 시간 조금도 긴장을 완전히 풀어 본 일이 없다는 것이다. 그처럼 불안한 긴장 상태가 어느덧 고질화되어 오늘날까지도 지속되고 있다는 것이다. 그러기에 꼬집어 말하면 그는 자면서도 깨어 있고 깨어 있으면서도 자고 있는 상태인 것이다. 까닭에 그는 밤낮없이 자면서도 항시 수면 부족을 느끼지 않을 수 없는 모양이다. 그것은 단지 육체적으로 오는 증상이기보다는 더 많이 정신적인 데서 결과하는 심리적 현상인 것이다.

　이러한 봉우는 자연 무슨 일에나 깊은 관심과 정열을 기울이지 못하는 것이었다. 중학 시절에는 그토록 재기 발랄하고 야심가였던 그가 일단 현실 사회에 몸을 잠그고 부대끼기 시작하면

오관(五官) 다섯 가지 감각 기관. 눈, 귀, 코, 혀, 피부를 이른다.
적치(赤治) 공산군이 점령하여 다스리는 정치를 뜻함.
✤ 적치(赤治) 삼 개월　6·25 전쟁 당시 서울이 공산군의 점령하에 들어갔던 6월 28일부터 국군과 유엔군에 의해 수복된 9월 28일까지의 삼 개월간을 이른다.
공습(攻襲) 갑자기 공격하여 침.
고질화되다(痼疾化--) 오랫동안 앓고 있어 고치기 어렵게 되다.

서부터 차츰 무슨 일에나 시들해지기 시작하더니 전란 통에 양친과 형제를 잃고 난 다음부터는 영 딴사람처럼 인간 만사에 흥미를 잃은 사람이 되어 버리고 말았다. 심지어 그는 자기 아내에게까지 남편다운 관심과 구실을 다하지 못하고 있는 것이다. 한 달이면 절반은 사업을 합네 혹은 친정에 가 있습네 하고 집을 비우기가 일쑤인 봉우 아내는, 여러 가지 불미스러운 소문을 퍼뜨리고 다녔다. 그 여자는 본시 평판이 좋지 못하였다. 봉우와 결혼한 지 여덟 달 만에 낳은 첫아기가 봉우의 친자식이 아니라는 것은 가까운 사람들은 다 알고 있는 사실이었다. 둘째 아이 역시 누구의 씬지 알 게 뭐냐고 봉우 자신 신용을 하려 들지 않았다. 그러면서도 둘이 헤어지지 않고 지내는 것이 이상한 일이었다. 그러나 거기에는 그럴 만한 이유가 있으리라고 만기는 생각하는 것이다. 이를테면 활동 의욕과 생활력을 완전히 상실하다시피 한 봉우는 아내의 부양에 의존하는 수밖에 없었고, 경제 활동이 비범한 봉우 처는 무슨 짓을 하며 나가 돌아다녀도 말썽을 부리지 않으니 어쨌든 봉우가 편리한 남편이었는지도 모르는 것이다. 아무튼 봉우는 그만큼 가정에 대해서나 세상일에 무관심한 인간이었다.

이상한 것은 그러면서도 단 한 가지 간호원인 인숙 양을 바라볼 때만은 잠에서 덜 깬 사람같이 언제나 게슴츠레하던 그의 눈

부양(扶養) 생활 능력이 없는 사람의 생활을 돌봄.

이 깨어 있는 사람의 눈답게 빛나는 것이었다. 봉우는 인숙을 사랑하고 있는 성싶었다. 그러고 보면 봉우가 날마다 이 병원 대합실을 찾아와서 시간을 보내는 것은 오로지 인숙을 보기 위해서인지도 모른다. 그것은 그의 다음과 같은 거동°으로서도 짐작할 수 있는 일이었다. 퇴근 시간이 되어 만기와 인숙이 병원 문을 잠그고 한길°로 나서면 물론 봉우도 그림자처럼 따라 나선다. 그러면 인숙은 만기와 봉우에게 인사를 남기고 헤어져 전차 정류장 쪽으로 간다. 거기서 인숙이 전차를 기다리다 보면 어느새 봉우가 옆에 척 따라와 서 있는 것이다.

"어마, 선생님 어디 가셔요?"

인숙이 의외란 듯이 물으면, 봉우는 아이들 모양 손을 들어 한 방향을 가리키며,

"저어기 좀……."

그러고는 자기도 같이 전차를 기다리는 것이다. 인숙이가 전차를 타면 얼른 봉우도 따라 오른다. 전차 안에서도 봉우는 별로 말이 없이 인숙이 곁에 서 있다가 인숙이가 내리면 그도 따라 내리는 것이다. 인숙은 한참 앞서 걷다가 자기 집 골목 어귀에 이르러 걸음을 멈추고,

"그럼 안녕히 다녀가세요."

거동(擧動) 몸을 움직임.
한길 사람이나 차가 많이 다니는 넓은 길.

머리를 숙이고 나서 인숙이가 빠른 걸음으로 골목길을 걸어 들어가면, 봉우는 처량한 표정을 하고 서서 인숙의 뒷모양을 지켜보다가, 보이지 않게 되어서야 풀이 죽어서 발길을 돌이키는 것이었다. 봉우는 거의 매일 그러하였다. 어떤 기회에 인숙에게서 우연히 그 얘기를 들었을 때 만기는 단순히 웃어 버릴 수만은 없었던 것이다.

만기와 익준과 봉우는 중학 시절에 비교적 가깝게 지낸 사이지만 가정 환경이나 취미나 성격이나 성장해서의 인생 태도는 판이하게 달랐다. 만기는 좀처럼 흥분하거나 격하지 않는 인물이었다. 그렇다고 활동적인 타입도 아니지만 봉우처럼 유약한 존재는 물론 아니었다. 반대로 외유내강한 사내였다. 자기의 분수를 알고 함부로 부딪치지도 않고 꺾이지도 않고 자기의 능력과 노력과 성의로써 차근차근 자기의 길을 뚫고 나가는 사람이었다. 아무리 놀라운 일에 부닥치거나 비위에 거슬리는 사람을 대해서도 도리어 반감을 느낄 만큼 그 침착하고 기품 있는 태도를 잃지 않았다. 그것은 본시 천성의 탓이라고도 하겠지만 한편 그의 풍부한 교양의 힘이 뒷받침해 주는 일이기도 하였다. 문벌

유약하다(柔弱--) 부드럽고 약하다.
외유내강하다(外柔內剛--) 겉으로는 부드럽고 순하게 보이나 속은 곧고 굳세다.
비위(脾胃) 음식물을 삭여 내거나 아니꼽고 싫은 것을 견디어 내는 성미.
문벌(門閥) 대대로 내려오는 그 집안의 사회적 신분이나 지위.

있는 가문에 태어나서, 화초 가꾸듯 정성 어린 어른들의 손에서 구김살 없이 곧게 자라난 만기는, 예의범절이 자연스럽게 몸에 배어 있을 뿐 아니라 미술, 음악, 문학을 비롯해서 무용, 스포츠, 영화에 이르기까지 깊은 이해와 고급한 감상안˚을 갖추고 있었다. 크레졸˚ 냄새만을 인생의 유일한 권위로 믿고 있는 그런 부류의 의사와는 달랐다.˚ 게다가 만기는 서양 사람처럼 후리후리한 키와 알맞은 몸집에 귀공자다운 해사한˚ 면모를 빛내고 있었다. 또한 넓고 반듯한 이마와 맑고 잔잔한 눈은 그의 총명성과 기품을 설명해 주고 있었다. 누구를 대해서나 입을 열 때는 기사(棋士)˚가 바둑돌을 적소˚에 골라 놓듯이 정확하고 품 있는 말을 한 마디 한 마디 신중히 골라 썼다. 언제나 부드러운 미소와 침착한 언동으로 남에게 친절히 대할 것을 잊지 않았다. 좋은 의미에서 그는 영국풍의 신사였다. 자연 많은 사람 틈에 섞이면 군계일학˚ 격으로 그의 품격은 더욱 두드러져 보였다. 그는

감상안(鑑賞眼) 예술 작품 따위의 아름다움을 이해하여 즐기고 평가하는 능력이나 안목.
크레졸 크레솔(cresol). 콜타르나 석유에서 얻을 수 있는 연한 갈색의 약산성 액체. 살균력이 강하여 소독제, 방부제 따위로 쓴다.
✤ 크레졸 냄새만을 인생의 유일한 권위로 믿고 있는 그런 부류의 의사와는 달랐다 만기는, 의사라는 전문직에 종사한다는 것만을 인생의 최고의 가치로 알고 살며, 자랑으로 여기는 부류의 의사와는 다르다는 것이다.
해사하다 옷차림, 자태 따위가 말끔하고 깨끗하다.
기사(棋士) 바둑이나 장기를 잘 두는 사람. 또는 바둑이나 장기를 직업으로 하여 전문적으로 두는 사람.
적소(適所) 꼭 알맞은 자리.
군계일학(群鷄一鶴) 닭의 무리 가운데에서 한 마리의 학이란 뜻으로, 많은 사람 가운데서 뛰어난 인물을 이르는 말.

한편 같은 치과 의사들 가운데서도 기술이 출중한˙ 편이었다. 그러면서도 현재는 근방에 있는 딴 치과에게 많은 손님을 뺏기고 있는 형편이었다. 그것은 단지 시설이 빈약하고 병원 건물이 초라한 까닭이었다. 그렇지만 지금의 만기로서는 딴 도리가 없었다. 좀 더 많은 손님을 끌기 위해서는 목 좋은 곳에 아담한 건물을 얻어 최신식 시설을 갖추는 길밖에 없는데, 현재의 경제 실정으로는 요원한˙ 꿈이 아닐 수 없었다. 이나마도 병원 건물은 물론 시설 일체가 만기 자신의 것이 아니었다. 건물이나 기구 일습˙이 봉우 처가의 소유물인 것이다. 봉우의 장인이 생존했을 당시, 빚값에 인수했던 담보물이었는데 막상 팔아 치우려고 하니 워낙이 구식인 데다가 고물이어서 값이 나가지 않기 때문에 6·25 사변 이래 줄곧 세를 놓아 오던 터였다. 그것을 봉우의 소개로 만기가 빌려 쓰게 되었던 것이다. 다달이 그 셋돈을 받으러 오는 것은 봉우 처였다. 친정에 가서도 도리어 오빠들보다 발언권이 강한 봉우 처는 종내˙ 오빠를 휘어잡아 병원 건물과 거기에 딸린 시설을 거의 자기 소유나 다름없이 만들어 놓았던 것이다. 이 분방하기˙ 이를 데 없는 봉우 처로 말미암아서 만기는 난처한 일을 당한 적이 한두 번이 아니었다. 봉우 처는 툭하면

출중하다(出衆--) 여러 사람 가운데서 특별히 두드러지다.
요원하다(遙遠--/遼遠--) 아득히 멀다.
일습(一襲) 옷, 그릇, 기구 따위의 한 벌. 또는 그 전부.
종내(終乃) 끝내.
분방하다(奔放--) 규칙이나 규범 따위에 구애받지 아니하고 제멋대로이다.

병원을 찾아왔다. 한 달에 한 번씩 셋돈을 받으러 들르는 외에도 치석(齒石)이 끼었느니, 입치(入齒)가 어떠니, 충치가 생기는 것 같다느니 핑계를 내걸고 걸핏하면 나타나는 것이었다. 그때마다 봉우 처는 짙은 화장과 화려한 의상으로 풍요한 육체를 장식하고 있었다. 그러한 경우 물론 봉우 부부는 대합실에서 서로 얼굴을 대하게 마련이나 잠깐 보고는 그만이다. 모르는 사이처럼 담담한 표정으로 말을 거는 일조차 거의 없다. 봉우는 이내 도로 반수반성(半睡半醒) 상태에 빠지고, 그 아내는 만기에게 친밀한 미소를 보내며 다가앉는 것이다. 얼마 전 치석 소제를 하러 왔을 때 일이다. 얼굴을 젖히게 하고 만기가 열심히 이 사이를 긁어내고 있노라니, 눈을 감고 가만하고 있던 봉우 처가 슬며시 만기의 가운 자락을 잡아당겼다. 그러면서 눈을 감은 채 배시시 웃었다. 만기는 내심 적잖이 당황하여 얼른 봉우 아내의 손을 뿌리치려 했지만, 여인은 손에 더욱 힘을 주어서 끌어당겼다. 만기는 할 수 없이 봉우나 딴 사람이 눈치채지 못하도록 몸으로 가리듯이 하며 다가서서 하던 일을 계속했다. 대강 치석을 긁어내고 양치질을 시켰다. 봉우 처는 그제야 만기의 가운 자락을 틀어쥐고 있던 손을 놓고 컵에 준비된 물을 머금고 울렁울렁 입을 부셔 냈다. 그러더니,

---

입치(入齒) 이를 해 넣음.
반수반성(半睡半醒) 반쯤 잠들고 반쯤 깨어 있는 듯이, 즉 자는 둥 마는 둥 아주 얕은 잠을 잠.
소제(掃除) 청소.

"아파서 그랬어요!"

만기를 쳐다보며 변명하듯 하고 애교 있게 웃었다.

언젠가 한번은 이런 일도 있었다. 충치가 생긴 것 같아 들렀다고 하며 눈이 부시게 차리고 나타난 봉우 처는 만기의 지시도 없이 치료 의자에 성큼 올라앉았다. 만기가 다가가서 어디 입을 벌려 보라고 하니까 봉우 처는 지그시 눈을 찌그리며 웃어 보이고는, 일부러 그러듯이 입술을 오물오물하다가 겨우 삼분의 일쯤 벌리고 말았다.

"좀 더 힘껏, 아—."

그래도 여자는 다시 입술을 오물오물해 보이고는 역시 삼분의 일쯤 벌리고 그만이었다. 그러고는 미태(媚態)를 담뿍 담은 눈으로 연신 소리 없이 웃었다. 그때부터 만기는 의식적으로 봉우 처를 경계하지 않을 수 없었던 것이다. 본시가 만기에게는 여자들이 많이 따르는 편이었다. 여자들은 기회만 있으면 만기에게 지나친 호의를 보이려고 애쓰곤 하였다. 사철을 가리지 않고 국산지 춘추복 한 벌로 몇 년을 두고 버텨 오는 가난한 치과 의사지만, 귀공자다운 그의 기품 있는 풍모와 알맞은 체격과 교양인다운 세련된 언동이 여자들로 하여금 두말없이 매혹케 하는 모양이었다. 심지어는 그의 처제까지도 그를 사모하고 있는

미태(媚態) 아양을 부리는 태도.
국산지(國產地) 국산 옷감.

것이었다. 그러기 그 부인이 가끔 농담 삼아 만기에게 이런 말을 걸어오는 것도 무리가 아니었다.

"결코 잘난 남편을 섬길 게 아닌가 봐요!"

"그게 무슨 소리요? 대체."

"모두들 당신에게 눈독을 들이구 있으니 미안하기두 하구 민망하기두 해서 그래요!"

"온 별소릴 다……. 그래 내가 그렇게 잘났던가?"

물론 그러고 둘이 다 농담으로 웃어넘기고 마는 일이었으되, 만기 자신 이상히도 여자들이 자기를 따르고 있다는 사실을 부인할 수는 없었다. 그러고 보면 병원을 찾아오는 단골 환자의 거개가 젊은 여자들이라는 사실도 무심히 보아 넘길 일만은 아니었다. 많은 여자 환자 가운데는 여러 가지 방법으로 만기에게 호감을 보이려 드는 사람도 있었다. 한 주일이면 끝날 치료를 자진해서 열흘 내지 보름씩 받으러 다닌다거나, 완치된 다음에도 사례라고 하며 와이셔츠나 양복지 같은 것을 사 들고 일부러 찾아오는 여자가 결코 한둘에 그치지 않았다. 그때마다 여자들의 단순하지 않은 호의를 물리치기에 만기는 진땀을 빼곤 했던 것이다. 그러한 여성들 가운데는 외모로나 교양으로나 퍽 매력적인 상대가 없지도 않아서, 만기의 맑고 잔잔한 마음속에 뜻하

거개(擧皆) 거의 대부분.
양복지(洋服地) 양복을 지을 옷감.

지 않았던 잔물결을 일으키는 경우도 간혹 있는 일이었다. 그러나 그저 그것뿐이었다. 사랑하는 주위 사람들에게 깊은 상처를 주고 싶지 않았다. 비극이 두려웠다. 더구나 현대적 의미에서의 현처양모인 아내를 생각하면 부질없는 마음 구석의 잔물결도 이내 가라앉아 버리고 마는 것이었다. 십 년 가까이나 가난한 살림에 들볶이면서도 한결같이 변함없는 애정과 신뢰로써 남편을 섬겼고, 심혈을 쏟아 어린것들을 보살펴 오는 아내의 쪼든 모습을 눈앞에 그려 볼 때 만기는 꿈에라도 딴생각을 품어 볼 수가 없었다. 그러기 아름다운 여성 환자의 지나친 호의를 물리친 날이면 만기는 으레 아내가 좋아하는 물건을 무엇이고 사 들고 돌아가는 것이었다. 신혼 때나 다름없이 지금도 대문께까지 달려 나와 남편을 맞아들이는 아내에게 사 갖고 온 물건을 들려주고 나서 까칠해진 아내의 손을 꼭 쥐어 주며,

"고생시켜 미안허우!"

혹은,

"나이 들며 더 예뻐지는구려!"

그러고는 봄볕처럼 다사로운 미소를 아내 얼굴에 부어 주는 만기였다.

심혈(心血) 마음과 힘을 아울러 이르는 말.

그러한 만기라 봉우 처에 대해서는 항시 경계해 오고 있었지만 요즘 와서 은근히 골치를 앓지 않을 수 없었다. 만기에 대한 봉우 처의 접근 공작이 너무나 집요하고 대담하게 나타나기 시작했기 때문이다. 어제만 해도 만기는 봉우 처를 딴 장소에서 만나지 아니할 수 없었다. 며칠 전부터 병원 건물과 시설에 관해서 긴급히 의논할 일이 있으니 꼭 좀 만나 달라는 연락이 오곤 했다. 그때마다 만기는 바쁘기도 하고 몸도 좀 불편해서 지정한 장소까지 나갈 수가 없으니 안 되었지만 병원으로 내방해˚ 줄 수는 없느냐는 회답˚을 보냈던 것이다. 그러나 봉우 처에게서는 자기도 여러 가지 사정으로 찾아갈 수가 없으니 꼭 좀 나와 달라는 쪽지를 사람을 시켜서 거푸 보내오는 것이었다. 어제는 마침내 자기와의 면담을 고의적으로 회피하는 것은 결국 자기를 공공연히 모욕하는 행위라는 위협조의 연락이 왔던 것이다. 그래서 만기는 할 수 없이 퇴근하는 길로 지정한 다방에 봉우 처를 만나러 갔던 것이다. 여자는 역시 여왕처럼 성장˚을 하고 먼저 와 있었다.

"고마워요. 귀하신 몸이 이처럼 행차를 해 주셔서."

만기에게 맞은쪽 자리를 권하고 나서 여자는 친밀한 미소와 함께 약간 비꼬는 어투로 인사를 던져 왔다.

내방하다(來訪--) 만나기 위하여 찾아오다.
회답(回答) 물음이나 편지 따위에 반응함. 또는 그런 반응.
성장(盛裝) 잘 차려입음. 또는 그런 차림.

"퍽 재미있는 농담이십니다."

만기가 그랬더니,

"선생님은 농담을 덜 좋아하실지 모르겠군요. 워낙 고상한 신사시니까."

그래서,

"너무 기술적인 용어에는 전 대답할 자신이 없습니다."

만기는 그러고 가볍게 웃어 보였다. 봉우 처는 만기 의향을 묻지도 않고 오렌지 주스 두 잔을 시켰다. 그것을 마셔 가면서 대체 의논할 일이란 무엇이냐고 만기 편에서 먼저 물었다.

"다른 게 아니라, 병원 건물이 하두 낡아서 전면적인 수릴 해야겠어요."

그래서 병원 옆에 있는 사무실이나 아래층 가게에서들은 셋돈을 인상하는 동시에 삼 개월씩 선불˙을 받기로 했다는 것이다.

"그렇지만 여러 가지 점으루 선생님께만은 말씀드리기가 안 되어서 어떻게 할까 망설이다가 솔직히 의논해 보려구 뵙자구 헌 거예요."

여자는 말을 마치고 만기의 얼굴을 살짝 치떠보았다. 아닌 게 아니라 만기로서는 아픈 이야기였다. 현재도 매달 셋돈을 맞춰 놓기에 쩔쩔매는 판이었다. 게다가 석 달 치 선불이란 거의 불가능에 가까운 일이었다.

선불(先拂) 일이 끝나기 전이나 물건을 받기 전에 미리 돈을 치름.

잉여 인간

"얼마나 올려 받으실 예정이십니까."

"삼 할●은 더 받아야겠어요. 그 근처에서들은 다들 그 정도 받는걸요."

"그럼, 우리 옆 사무실이나 아래층 가게에서들은 이미 양해를 얻으셨습니까?"

그러자 여자는 만기의 얼굴을 정면으로 쳐다보며,

"선생님, 우리 그런 사무적 얘기는 딴 데 가서 하십시다. 이런 장소에선 싫어요. 제가 저녁을 대접하겠어요. 늘 폐를 끼쳐 왔으니까요."

그러고는 만기가 뭐라고 할 사이도 없이 여자는 일어서 카운터로 가더니 셈을 치르고 밖으로 나가는 것이었다. 만기가 어리둥절해서 따라 나가자 봉우 처는 어느새 택시를 불러 세웠다.

"먼저 오르세요!"

만기는 다음 날 다시 만나 사무적으로 타협하기로 하고, 우선 빠져 돌아가려고 했으나,

"고의로 남의 호의를 무시하는 건 신사도●가 아니에요!"

여자는 만기를 차 안으로 떠밀듯이 했다. 번잡한 길거리에서 실랑이를 할 수도 없고 해서 만기는 시키는 대로 차에 오를 수밖에 없었다. 십 분도 채 달리지 않아서 택시는 어느 음식집 앞

할(割) 비율을 나타내는 단위. 1할은 전체 수량의 10분의 1로 1푼의 열 배이다.
신사도(紳士道) 신사로서 품위를 유지하기 위하여 지켜야 할 도리.

에 닿았다. 여염집들 사이에 끼어 있는 그 음식집은 외양과 달리 안에 들어가 보면 방도 여러 개 있고 제법 아담하게 꾸려져 있었다. 봉우 처는 그 집 마담과는 숙친한 사이인 모양이라 허물없는 인사를 나누고 나서,

"별실 비어 있니?"

하고 물었다. 마담은 호기심에 찬 눈으로 만기를 힐끔 쳐다보고,

"별실 삼 호가 비어 있을 거야. 그리루 모셔."

그러고는 안을 향하고,

"별실 삼 호실에 두 분 손님!"

소리를 질렀다. 열대여섯 살 먹은 소녀가 조르르 달려 나와 안내를 했다. 자그마한 홀을 지나 긴 복도를 휘어 도니 저쪽으로 돌아앉은 참한 방이 있었다.

"이 집 마담, 여학교 동창이에요. 그래서 귀한 손님을 대접할 일이 있으면 가끔 오죠."

여자는 묻지도 않는 말을 하고 다가와서 만기의 양복저고리를 벗기려고 했다. 만기는 얼른 제 손으로 벗어서 벽에 걸려고 했다. 그러자 여자는 그것을 낚아채듯 뺏어서 옷걸이에 얌전히 걸었다. 조그만 식탁을 사이에 하고 마주 앉아 여자는 만기를 쳐다보며 피로한 듯한 미소를 짓고 가늘게 한숨을 토했다.

여염집(閭閻-) 일반 백성의 살림집.
숙친하다(熟親--) 오래 사귀어 친분이 아주 가깝다.

소녀가 물수건과 찻물을 날라 왔다. 봉우 처는 이 집은 갈비찜이 명물이라고 하고 약주와 함께 안주와 음식을 시켰다. 소녀가 사라지자 여자는 식탁에 기대어 두 손으로 턱을 괴고 한동안 가만히 있었다. 왜 그런지 몹시 피로해 보였다. 삼십을 한둘 남긴 여자의 무르익은 모습은 어떤 요염한 독소조차 느끼게 해 주었다. 만기도 까닭 모를 피로감과 함께 저절로 긴장해졌다.

"병원 시설을 사겠다는 사람이 있어요. 헐값이지만 고물이라서 차라리 팔아 치울까 생각해요!"

여자는 만기를 빠끔히 쳐다보며 엉뚱한 소리를 했다. 만기는 속으로 놀랐다. 여자의 마음을 얼른 파악하기 힘들었다. 진담인가. 그렇지 않으면 야비한 복선인가. 어느 쪽이든 만기에게는 타격이었다. 그 시설은 지금의 만기에게 있어서 생명선이나 다름이 없었기 때문이다. 그러나 만기는 그러한 내심을 조금도 표면에 비치지 않고 태연히 듣고만 있었다.

"낡아 빠진 그 시설을 쓰기에는 선생님의 탁월한 기술이 아까워요. 그래서 작자가 나선 김에 팔아 치우고 선생님에게는 현대적인 최신식 시설을 갖춰 드리구 싶어서 그래요. 제게 그 정도의 자금은 마련되어 있어요!"

요염하다(妖艶--) 사람을 유혹하여 정신을 흐리게 할 만큼 매우 아리땁다.
독소(毒笑) 독기를 품고 웃는 웃음.
야비하다(野卑--/野鄙--) 성질이나 행동이 야하고 천하다.
복선(伏線) 만일의 경우에 대비하여 남모르게 미리 꾸며 놓은 일.
생명선(生命線) 생명을 유지하는 데 필요한 중요한 존재나 방도.

여자의 음성과 표정이 왜 그렇게 차분차분할까? 거기에는 심리적 호흡의 기술이 필사적으로 작용되고 있었다.[*] 그러기 아까 다방에서 내놓은 말과는 아주 딴 얘기라는 점을 노골적으로 지적해 줄 수가 없었다.

"경제적 면에서 제게는 그런 최신 시설을 빌릴 만한 능력이 없습니다."

"셋돈 말씀이죠?"

여자는 간격 없이 웃고 나서,

"선생님이 독립하실 수 있을 때까지 오 년이구 십 년이구 그냥 빌려 드려두 좋아요!"

만기는 대답할 말이 없었다. 상대편에서 이렇게 자꾸 엉뚱하게만 나오니 더욱 조심해질 뿐이었다.

"이상하게 생각하실 건 없어요. 이왕 놓고 있는 돈이 있으니까 제가 존경하고 있는 선생님에게 조금이라도 편리를 봐 드리구 싶은 것뿐에요!"

순간 여자의 표정이 놀랄 만큼 진지한 빛으로 변했다. 만기는 봉우 처의 이러한 얼굴을 본 일이 없었다.

마침 주문한 음식이 들어오기 시작했다. 식사를 하는 동안 봉

---

[*] 거기에는 심리적 호흡의 기술이 필사적으로 작용되고 있었다 봉우 처는 자신이 하는 말이 거짓이 아니라는 점을 강조하기 위해 의식적으로 호흡을 조절하며 차분하게 말하고 있다는 것이다. (또는 봉우 처는 만기를 어떻게든 유혹하기 위해 자신의 심리를 인위적으로 조정하는 기술을 필사적으로 발휘하고 있다는 것이다.)

잉여 인간

우 처는 소매를 걷고 마치 남편에게 하듯 잔시중까지 들었다. 만기는 음식을 먹으면서도 마음이 조마조마했다. 아무래도 심상치 않은 예감이 들었기 때문이다. 만기의 그러한 예감은 마침내 적중하고야 말았다. 식사가 거의 끝나 갈 무렵 봉우 처는 상 밑에서 한쪽 발을 슬며시 만기의 무릎 위에 얹었다. 그러고는 지그시 힘을 주며 요염한 웃음을 쏟았다. 그 눈이 불같았다. 만기는 꽤 당황했지만 시선을 피하며 슬그머니 물러앉았다. 여자는 발끝으로 움츠리는 만기의 무릎을 쿡 지르고 어깨를 으쓱해 보였다. 이미 전기가 들어와 있었다. 잠시 멋쩍게 앉아서 먹다 남은 음식들에 공연히 젓가락질을 하다 말고 여자는 갑자기 자리를 떠서 밖으로 나가 버리었다. 한참 동안 여자는 돌아오지 않았다. 만기는 어지간히 불쾌하고 불안한 생각에 앉았다 섰다 하며 마음의 자세를 가다듬었다. 십 분 이상 지나서야 여자는 돌아왔다. 대번 알아보게 얼굴에는 주기가 돌았다. 여자는 방 안에 들어서면서 안으로 문고리를 잠갔다. 짤그락 하는 소리가 이상하게 도전적이었다. 여자는 다시 창문의 커튼까지 내리고 제자리에 가 앉았다. 초가을 저녁 무렵이지만 밀폐되다시피 한 실내는 한증 속처럼 더웠다. 여자는 술잔을 들어 만기 앞으로 내밀며,

---

주기(酒氣) 술기운.
한증(汗蒸) 문맥상 '한증막', 즉 '높은 온도로 몸을 덥게 하여 땀을 내게 하는 시설'을 의미함.

"따라 주세요!"

명령조였다. 원래 만기는 한두 잔밖에 못하기 때문에 주전자에는 술이 거의 그대로 남아 있었다. 만기는 한 손으로 주전자 뚜껑을 누르고,

"인제 그만 돌아가실까요. 오늘은 정말 오래간만에 포식했습니다."

달래듯 했다.

"내버려 두세요. 거룩하신 선생님 눈엔 제가 사람같이 안 보일 테니까요."

여자는 무리로 주전자를 뺏어서 자기 손으로 따라 마셨다. 안주도 안 먹고 거푸 물 마시듯 했다. 만기는 겁이 났다. 이 이상 취하면 어떤 추태를 부릴지도 모른다. 버려둘 수가 없었다. 만기는 간신히 술 주전자를 뺏어 감추었다. 그러자 여자는 그것을 도로 뺏으려고 덤벼들었다. 앉은 채 잠시 붙잡고 돌아갔다. 주전자를 떨어뜨려서 술이 엎질러졌다. 여자는 그것을 훔칠 생각도 않고 만기 무릎 위에 쓰러지듯 푹 엎드려 버리고 말았다.

"골샌님!"

여자는 어린애처럼 어깨를 추며 울기 시작했다.

골샌님(쌍--) 어느 모로 보아도 샌님티가 몸에 밴 사람, 즉 얌전하고 고루한 사람을 낮잡아 이르는 말.
추다 어깨를 위로 올리다.

대합실 문 밖에서 웬 소년이 안을 기웃거리고 있었다.

"너 웬 아이냐?"

간호원이 먼저 발견하고 물었다. 소년은 대답 없이 조심히 문을 밀고 들어섰다. 여남은 살 먹었을 그 소년의 얼굴은 제법 귀염성 있게 생겼지만 거지 아이나 다름없는 꼴을 하고 있었다.

"여기가 병원이죠?"

소년은 어릿어릿하며 조그만 소리로 간호원에게 물었다.

"그래, 너 어째서 왔니?"

소년은 이번에도 대답을 않고 대합실과 진찰실 안을 두리번거리고 나서,

"울 아버지 안 오셨어요?"

영문 모를 질문을 했다. 테이블 앞에 앉아서 외국 잡지를 뒤적이고 있던 만기가,

"너희 아버지가 누구냐?"

물으니까,

"울 아버지, 채익준 씨야요."

그리고 소년은 다시 한 번 방 안을 둘러보았다.

"오, 너 익준이 아들이구나!"

만기는 일어나 소년 옆으로 다가갔다. 좀 불안한 표정을 하고

여남은 열이 조금 넘는 수. 또는 그런 수의.
어릿어릿하다 말과 행동이 활발하지 못하고 자꾸 생기 없이 움직이다.

서 있는 소년의 손목을 잡아서 옆 의자에 앉히고 만기도 소파에 마주 앉았다.

"너 아버지 찾아왔구나. 이름이 뭐지?"

"채갑성이에요!"

"나이는?"

"열한 살예요!"

만기가 친절히 말을 걸어 주는 바람에 안심이 되었는지,

"울 아버지 안 오셨어요?"

소년이 걱정스레 다시 물었다.

"아버진 아침에 잠깐 다녀 나가셨는데……. 그래 너 왜 아버질 찾아왔니?"

"어머니가 아버지 찾아오랬어요. 어머니 죽을 것 같대요!"

소년에게는 여동생 하나와 남동생 하나가 있어서 외할머니까지 합치면 모두 여섯 식구라고 한다. 그런데 지금까지 집안 살림의 중심이 되어 오던 모친이 반년 가까이나 병석에 누워 지낸다는 것이다. 모친은 자리에 눕기까지 생선 장사를 했다는 것이다. 아이들이 자고 있는 꼭두새벽에 첫차로 인천에 가서 생선을 한 광주리 받아 이고는 서울로 되돌아와서 행상을 하였다는 것이다. 모친이 병으로 누운 다음부터는 오십이 넘은 외할머니가 어머니 대신 생선 장사를 해서 간신히 가족들 입에 풀칠을 하고 지낸다는 것이다. 그러니까 어머니는 제대로 의사의 치료를 받아 보지도 못한 채 집에 누워서 앓고 있다는 것이다. 그래서

잉여 인간 145

병세는 나날이 더 심해만 갔는데, 아까 점심때쯤 해서 어머니는 소년을 불러 놓고 숨이 자꾸 가빠 오는 걸 보니 죽을 것 같다고 하며, 얼른 가서 아버지를 찾아오라고 하였다는 것이다. 만기가 차근차근 캐묻는 말에 대충 이상과 같은 내용의 대답을 하고 난 소년은 별안간 쿨쩍거리고 울기 시작했다. 만기는 우선 소년을 달래 놓고,

"그래, 너 이 병원은 어떻게 알았니?"

"접때 아버지하구 돈 꾸러 왔댔어요."

"돈 꾸러? 여길?"

"네, 아버지가 엄마하구 무슨 얘기 하다가 울었어요. 그리구 나 데리구 여기까지 왔댔어요."

"그래서 돈은 꾸어 갔니?"

"아니오. 나보구 길거리에 서서 기다리라구 해서 한참이나 이 앞에서 기다리구 있었는데 아버지가 나와서 그냥 돌아가라구 했어요. 그러면서 저녁에 돈을 마련해 가지구 돌아갈 테니 집에 가서 엄마보구 조금만 더 참구 기다리라구 했어요."

만기는 지그시 눈을 감았다. 마음이 복잡하거나 괴로울 때 하는 버릇이었다. 옷이라고는 언제나 탈색한 서지 군복 바지에 퇴색한 해군 작업복 상의만을 걸치고 다니는 초라한 익준의 몰골

탈색하다(脫色--) 1. 섬유 제품 따위에 들어 있는 색깔을 빼다. 2. 빛이 바래다. 여기에서는 2의 의미로 쓰임.
서지(serge) 모직물의 일종.

이 감은 눈앞을 스치고 지나갔다. 그러면서도 익준은 병원에 와서 돈을 꾸어 달라고 한 번도 손을 내밀어 본 일이 없었다. 뿐만 아니라 그는 단 한 마디도 딱한 집안 사정을 입 밖에 비쳐 본 일조차 없었다. 만기도 그의 가정 형편이 그렇게까지 말이 아닌 줄은 모르고 있었다.

"너 몇 학년이니?"

"학교 그만뒀어요."

"그럼 놀고 있어?"

"신문 장사해요."

만기는 그런 말까지 캐물은 것을 도리어 후회했다. 그는 소년을 위로해서 돌려보내고 나서도 마음이 무거웠다. 남의 일 같지 않았다. 남의 시설을 빌려서나마 개업을 하고 있다고는 하지만 만기 자신 생활에는 극도로 시달리고 있었기 때문이다. 자그마치 열 식구에 버는 사람이라곤 만기뿐이니 당할 도리가 없었다. 대가족이 먹고 입는 일만도 숨이 가쁠 지경인데 동생들의 학비까지 당해 내야만 했다. 대학이 하나, 고등학교가 둘, 거기에 국민학교 다니는 자기 장남까지 합친다면 그야말로 무서운 지출이었다. 피를 짜내듯 해서 거의 기적적으로 감당해 오고 있었다. 그 밖에 늙은 장모와 어린 처남 처제들만이 아득바득하고 있는 처가에도 다달이 쌀말● 값이라도 보태 주지 않아서는 안 되

쌀말 한 말 남짓한 쌀. '말'은 곡식 따위의 부피를 잴 때 쓰며, '한 말'은 약 18리터에 해당한다.

었다. 하기는 그런대로 개업을 하고 있는 만기에게는 다소라도 수입이 있었다. 그러나 동란 이래 직업을 갖지 못하고 있는 익준네 생활이 그만큼이라도 지탱되어 왔다는 것은 한편 수수께끼 같은 일이기도 했다. 익준은 취직을 단념하고 있었다. 왜정 때 겨우 중학을 나왔을 뿐 특수한 기술도 빽도 없는 데다가 나이마저 삼십 고개를 반이나 넘어섰고 보니 취직이란 말 그대로 별 따기였다. 게다가 남달리 정의감과 결벽성이 세기 때문에 사소한 부정이나 불의를 보고도 참지 못하는 그는, 설사 어떤 직장이 얻어걸렸다 해도 오래 붙어 있지 못했을 것이다. 사변 전에도 직장다운 직장을 오래 가져 보지 못했던 것은 오로지 그러한 그의 성격 탓이었다. 그렇다고 장사를 하자니 밑천도 없었거니와 이 또한 고지식한 그에게 될 일이 아니었다. 언젠가는 생각다 못해 노동판에도 섞여 보았다. 그 역시 해 보지 않던 일이라 한몫을 감당할 수도 없었거니와 사무실에서 인부들의 임금을 속여 먹는 줄 알게 되자 대뜸 쫓아가서 시비 끝에 주먹다짐까지 벌어졌던 것이다. 그러기 최근 일 년 동안은 양심적이고 동지적인 자본주를 얻어, 먹고 살 수도 있고 동시에 국가 사회

동란(動亂) 폭동, 전쟁 따위가 일어나 사회가 질서를 잃고 소란해지는 일. 여기에서는 6·25 전쟁을 가리킴.
왜정(倭政) 일본이 침략하여 강점하고 다스리던 정치.
사변(事變) 1. 사람의 힘으로는 피할 수 없는 천재(天災)나 그 밖의 큰 사건. 2. 한 나라가 상대국에 선전 포고도 없이 침입하는 일. 여기에서는 6·25 전쟁을 가리킴.
동지적(同志的) 목적이나 뜻이 서로 같은 사람다운. 또는 그런 것.
자본주(資本主) 일정한 기업에 영리를 목적으로 자본을 대는 사람.

에도 비익할˙ 수 있는 사업을 스스로 일으켜야겠다고 하며, 그는 날마다 거리를 휘젓고 다녔다. 그가 말하는 국가 사회에도 보익(補益)하며 먹고 살 수도 있는 사업이란 한국에 와 있는 외국인 상대의 일용 잡화 및 식료품 상회였다. 그의 친지 가운데 외국인 선교사들과 교섭이 잦은 기독교인이 있었다. 그 친지 말에 의하면 현재 한국에 와 있는 외국 민간인들의 대부분이 식료품이나 일용품 같은 것을 거의 '도쿄'나 '홍콩'에서 주문해다 쓰고 있다는 것이다. 그것은 외국인 자신들에게 있어서도 시간적으로나 경제적으로 상당한 손실일 뿐 아니라 불편하기 이를 데 없는 일이지만 한국 상인의 물품은 그 가격이나 질에 있어서 도무지 신용을 할 수가 없으니 부득이한˙ 일이라는 것이다. 그렇기 때문에 외국인을 상대로 식료품과 일용품을 공급해 줄 만한 양심적인 한국 상점의 출현을 누구보다도 외국인 자신들이 절실히 요망하고˙ 있다는 것이다. 친구에게서 그 말을 들은 익준은 단박 얼굴이 벌게 가지고 병원으로 달려와서 이게 얼마나 수치스럽고 손실을 자초하는˙ 일이냐고 탄식했던 것이다. 그런 지 며칠 뒤부터 익준은 자기 자신이 양심적인 출자자˙를 구해서 외국인 상대의 점포를 자기가 직접 경영해 보겠다고 서둘며 싸돌아

비익하다(裨益--/毘益--) 보익하다. 보태고 늘려 도움이 되게 하다.
부득이하다(不得已--) 마지못하여 할 수 없다.
요망하다(要望--) 어떤 희망이나 기대가 꼭 이루어지기를 간절히 바라다.
자초하다(自招--) 어떤 결과를 자기가 생기게 하다. 또는 제 스스로 끌어들이다.
출자자(出資者) 사업을 경영하는 데에 쓰는 돈을 낸 사람.

다녔다. 최고 일 할 이득을 목표로 철두철미 신용과 친절 본위로 외국인을 상대하면 자연 잃어버린 한국인의 체면도 회복할 수 있고, 그들의 신용과 성원을 얻어 사업도 번창해질 게 아니냐는 것이다. 그 뒤 익준은 양심적인 출자자를 찾아내기 위해 맹렬한 열의로 거리를 헤매기 시작했던 것이다. 그러나 그가 찾고 있는 돈 있고 양심적인 동지는 상금 나타나지 않고 있는 것이다. 점심 요기조차 못 하고, 나서지 않는 출자자를 찾아 거리를 휘젓고 다니다가 저녁때 맥없이 돌아오는 익준은 보기에 딱하도록 지쳐 있었다. 쓰러지듯 대합실 소파에 털썩 주저앉아 버린 그는 비참한 표정으로 세상을 개탄하는 것이다. 친구의 소개로 돈푼이나 있다는 사람을 만나 얘기를 비쳐 보았더니 지금 세상에 일 할 장사를 위해 돈 내놓을 시러베아들이 어디 있겠느냐고 영 상대도 않더라는 것이다. 그러면서 한다는 소리가 양키 상대라면 한두 번에 팔자를 고칠 구멍을 뚫어야지 제정신 가지고 금리도 안 되는 미친 짓을 누가 하겠느냐고 핀잔을 주더라는 것이다. 그러니 세상 사람이 모두 도둑놈이 아니냐고 외쳤다.

상금(尙今) 지금까지. 또는 아직.
요기(療飢) 시장기를 겨우 면할 정도로 조금 먹음.
맥없이(脈--) 기운이 없이.
시러베아들 시러베자식. 실없는 사람을 낮잡아 이르는 말.
양키(Yankee) 미국 사람을 낮잡아 이르는 말.
✤ 양키 상대라면 한두 번에 팔자를 고칠 구멍을 뚫어야지 미국 사람을 대상으로 하는 장사라면 신용을 지키면서 지속적으로 장사를 하기보다는 속여서라도 한두 번에 큰 이득을 내는 장사를 해야 한다는 의미이다.

사리사욕을 위해서는 남을 속이거나 망치는 일쯤 당연하다고 생각할 판이니 도대체 이놈의 세상이 끝장에 가서는 어떻게 되겠느냐고 익준은 비분강개를 금하지 못하는 것이었다. 그런 때마다 그는 행정 당국의 무능을 통매하면서 'DDT 정책'이라는 말을 내세우곤 했다. 디디티를 살포해서 이나 벼룩을 박멸하듯이 국내의 해충적 존재에 대해서는 강력한 말살 정책을 써야 한다는 것이다. 이를테면 소매치기나 날치기에서부터 간상 모리배도 총살, 협잡 사기한도 총살, 뇌물을 먹고 부정을 묵인해 주는 관리도 총살, 밀수범도 총살, 군용 물자를 훔쳐 내다 팔아먹는 자도 총살, 국고금을 횡령해 먹는 공무원도 총살, 아무튼 이런 식으로 부정 불법을 자각하면서도 사리사욕에 눈이 멀어서 국가 사회에 해독을 끼치는 행위를 자행하는 대부분의 형사범은 모조리 총살해 버려야 한다는 것이다. 그러지 않고는 양민이 안심하고 살 수 없을 뿐 아니라 나라의 앞날이 위태롭기 짝이 없다는 것이다. 흥분한 어조로 이러한 지론을 내세울 때의 익준

사리사욕(私利私慾) 사사로운 이익과 욕심.
통매(痛罵) 몹시 꾸짖음. 또는 그런 꾸지람.
DDT 제2차 세계 대전 후부터 각국에서 해충을 없애기 위해 가루약이나 물약으로 만들어 널리 쓰인 맹독성 농업용·방역용 살충제. 인체의 지방 조직에 축적되어 잔류 독성이 지속되므로 우리나라에서는 제조, 판매, 사용이 금지되었다.
말살(抹殺/抹摋) 있는 사물을 뭉개어 아주 없애 버림.
간상(奸商) 간사한 방법으로 부당한 이익을 보려는 장사. 또는 그런 장사치.
모리배(謀利輩) 온갖 수단과 방법으로 자신의 이익만을 꾀하는 사람. 또는 그런 무리.
사기한(詐欺漢) 사기꾼.
국고금(國庫金) 정부가 소유하는 돈.
지론(持論) 늘 가지고 있거나 전부터 주장하여 온 생각이나 이론.

의 눈에는 살기에 가까운 노기가 번득거렸다. 그런 때 만일 누가 옆에서 그의 지론을 반박할 말이면 당장 눈앞에 총살형에 해당하는 범법자라도 발견한 듯이 격분하는 것이다. 언젠가 어느 경솔한 외국 기자가 한국을 가리켜 도둑의 나라라고 해서 물의를 일으켰을 때의 일이다. 대개의 신문이나 명사들이 그 기사를 쓴 외국 기자를 비난하고 한국의 사회 실정을 엄폐 변명하려는 논조로만 치우쳐 있었다. 당시의 익준은 거의 매일같이 흥분해 있었다. 그 외국 기자야말로 한국의 현실을 날카롭게 투시하고 가차 없는 비평을 가해 왔다는 것이다. 잠깐 다녀간 외국 기자의 눈에도 도둑의 나라로 비치리만큼 부패한 우리나라의 현실이 슬프고 부끄러울망정 바른 소리를 한 외국 기자에게는 잘못이 없다는 것이다. 우리는 덮어놓고 외국 기자를 비난 공박하기 전에 먼저 우리 자신을 냉정히 반성하고 다시는 외국인으로부터 그처럼 치욕적인 말을 듣지 않도록 전 국민이 깊은 각성과 새로운 노력을 가져야 할 일이 아니냐. 결국 도둑놈 소리가 듣기 싫거든 도둑질을 하지 않으면 될 게 아니냐는 것이다. 그래서 만기는 몇 마디 반대 의견을 말해 본 일이 있었다. 어쨌든 그

명사(名士) 세상에 널리 알려진 사람.
실정(實情) 실제의 사정이나 정세.
엄폐(掩蔽) 가리어 숨김.
논조(論調) 1. 논하는 말이나 글의 투(방식). 2. 논설이나 평론 따위의 경향.
가차(假借) 사정을 보아줌.
공박하다(攻駁--) 남의 잘못을 몹시 따지고 공격하다.

외국 기자가 한국에 대해서 호감을 갖고 보지 않았다는 것만은 사실인 이상 국교상의 우호 관계로 보아서도 경솔한 태도였다는 비난을 면할 수는 없었다는 점과, 어느 나라치고 도둑이 없는 나라란 있을 수 없을 터인데 정도가 좀 심하다고 해서 왜 그렇게 되지 않을 수 없었는가 하는 객관적인 원인과 이유를 밝히는 일이 없이 일언지하에 대뜸 도둑의 나라라고 단정해 버린다는 것은 너무나 피상적 관찰에만 치우친 편견이 아닐 수 없다는 점을 들어서, 만기는 은근히 익준의 소견을 반박해 보았던 것이다. 그랬더니 익준은 대번에 안색이 달라져 가지고 만기에게 대들듯 덤볐다.

"아니, 도둑놈에게 도대체 변명이 무슨 변명야? 그래 자넨 아직두 한국놈이 도둑놈이 아니라구 우길 수 있단 말야? 이 지구상에 우리나라처럼 도둑이 들끓구 판을 치는 나라가 또 있단 말인가? 이거 봐, 만기. 덮어놓구 자기 나라를 두둔하구 치켜 올리는 게 애국자 애국심은 아닌 거야. 말을 좀 똑바루 하란 말야. 그래 아무리 조심을 해두 전차나 버스를 한 번 탔다 내리기만 하면 돈지갑이나 시계, 만년필 따위가 감쪽같이 사라져 버리는데 이래두 한국이 도둑의 나라가 아니란 말인

국교(國交) 나라와 나라 사이에 맺는 외교 관계.
일언지하(一言之下) 한 마디로 잘라 말함.
피상적(皮相的) 본질적인 현상은 추구하지 아니하고 겉으로 드러나 보이는 현상에만 관계하는.
소견(所見) 어떤 일이나 사물을 살펴보고 가지게 되는 생각이나 의견.

가? 백주에 대로 상을 걸어가노라면 바람도 안 부는데 모자가 행방불명이 되기 일쑤구 또 어떤 놈이 불쑥 나타나 골목으루 끌구 들어가서는 무조건 뚜들겨 팬 다음 양복을 벗겨 가지구 달아나는 판이니, 아 이래두 한국은 도둑의 나라가 아니구 알량한 동방예의지국이군그래. 시장 바닥은 물론 심지어는 일국의 수도 한복판에 있는 소위 일류 백화점이란 델 들어가 물건을 사두 가격을 속이구 품질을 속이구 중량을 속여 먹기가 여반장이니, 아 이래두 한국은 의젓한 신사국이란 말인가. 아무리 아전인수라두 분수가 있지, 열 놈이면 아홉 놈까지 도둑놈이라 눈 뜬 채 코 베어 먹힐 세상인데, 그래두 자넨 한국이 도둑의 나라가 아니라구 뻔뻔스레 잡아뗄 셈인가. 그야 물론 핑계 없는 무덤이 없다구, 자네 말대루 도둑질하는 놈에게두 이유야 있을 테지. 이를테면 사흘 굶어 도둑질 않는 사람이 있느냐는 식으루 말일세. 그렇지만 남은 사흘은 고사하구 닷새 엿새를 굶어두 도둑질 않구 배기는데, 한국 놈은 어째서 단 한 끼만 굶어두 서슴지 않구 도둑질을 하느냐 말야. 아니 한 끼를 굶기는커녕 하루에 네 끼 다섯 끼 배지가 터

백주(白晝) 대낮.
대로(大路) 큰길. 여기에서의 '대로 상'은 '큰길 위'를 뜻함.
여반장(如反掌) 손바닥을 뒤집는 것 같다는 뜻으로, 일이 매우 쉬움을 이르는 말.
아전인수(我田引水) 자기 논에 물 대기라는 뜻으로, 자기에게만 이롭게 되도록 생각하거나 행동함을 이르는 말.
배지 '배'를 속되게 이르는 말.

지도록 처먹구두 한국 놈은 왜 도둑질을 하느냐 말야. 이러니 죽일 놈들 아냐. 복통[●]을 할 노릇이 아니냐 말야!"

익준은 흡사 미친 사람 모양 입에 거품을 물고 핏발 선 눈알을 뒹굴렸던 것이다.

어느 날 퇴근 시간이 임박해서다. 미스 홍이 조용히 의논할 일이 있노라고 했다. 그동안 석 달 치나 밀린 급료 얘기가 아닌가 싶어 만기는 새삼스레 가책을 느꼈다. 홍인숙은 만기에게 있어서는 소중한 사업의 보조자였다. 치의전(齒醫專)[●]을 나온 이래 십여 년간의 의사 생활을 통해서 수많은 간호원을 부려 보았지만 인숙이만큼 만족하게 의사를 돕는 솜씨도 드물었다. 가려운데 손이 가듯이 빈구석 없이 만기를 받들어 주었다. 눈치가 빠르고 재질도 풍부해서 간호원으로서의 지식이나 기술뿐 아니라 웬만한 의사 못지않게 능숙한 수완[●]을 발휘해 주었다. 중태가 아닌 진찰이나 치료 정도는 만기가 없어도 충분히 대진(代診)[●]의 역할을 감당할 수 있었다. 그만큼 인숙은 자기 직무 이상의 일에까지도 열성을 기울여 묵묵히 만기를 도와 왔다. 한 말로 말해서 인숙은 이처럼 시설이 빈약한 변두리의 개인 병원에는 분에

복통(腹痛) 1. 복부에 일어나는 통증을 통틀어 이르는 말. 2. 몹시 원통하고 답답하게 여김. 또는 그런 마음. 여기에서는 2의 의미로 쓰임.
치의전(齒醫專) 치의학 전문 대학.
수완(手腕) 일을 꾸미거나 처리 나가는 재간.
대진(代診) 담당 의사를 대신하여 진찰함. 또는 그런 사람.

넘칠 만큼 더할 나위 없이 유능하고 성실한 간호원이었다. 인격적인 면에서 볼 때에도 얌전하고 귀엽게 생긴 얼굴이어서 환자에게 호감을 주었다. 그러한 인숙에게 스스로 만족할 정도의 충분한 물질적 대우를 해 주지 못하는 것이 만기에게는 늘 미안한 일이었다. 그러나 인숙은 삼 년 이상이나 같이 있는 동안 단 한 번도 불만이나 불평을 말해 본 일이 없었다. 도리어 인숙은 자기 집의 생활이 자기의 수입을 필요로 하리만큼 군색한 형편이 아니라면서 미안해하는 만기를 위로하듯 했다. 그만치 이해하고 봉사해 주는 인숙에게 최근 삼 개월분의 급료를 지불치 못하고 있었던 것이다. 그래서 가뜩이나 미안하던 판이라 만기는 저녁 식사라도 같이 하면서 얘기할까 했으나 인숙은 굳이 마다고 했다.

"정 그러시문 차나 한 잔 사 주세요."

병원을 잠그고 나서 그들은 밖으로 나갔다. 물론 대합실 소파에 지키고 앉아 있던 봉우도 따라 나섰다. 그들은 가까운 다방으로 갔다. 역시 봉우도 잠자코 따라 들어왔다. 인숙은 퍽 난처한 기색으로 걸음을 멈추고 만기를 쳐다보았다. 만기는 이내 눈치를 채고 봉우를 돌아보며,

"미안허네, 봉우. 병원 일루 둘이서 조용히 의논할 일이 있어 그러는데……."

군색하다(窘塞--) 필요한 것이 없거나 모자라서 딱하고 옹색하다.

사양해 달라는 뜻을 표했더니,

"그럼 문밖에서 기다릴까?"

봉우는 도리어 어린애같이 솔직한 태도로 반문해 왔다. 만기도 딱해서,

"무슨 딴 볼일이라두 없는가?"

그랬지만,

"딴 볼일은 없어. 그럼 문밖에서 기다리지!"

돌아서 나가려는 것을,

"그래서야 되겠나. 그러면 저쪽 빈자리에서 기다려 주게나."

도리어 만기 쪽이 민망하기 이를 데 없었다. 봉우와는 멀찍이 떨어진 위치에 자리 잡고 앉아서 만기는 차를 시켜 놓고 인숙의 이야기를 들었다.

급료 독촉이 아니었다. 거북한 듯이 인숙이 꺼내 놓는 이야기는 봉우에 관한 문제였다. 봉우는 거의 하루도 거르는 날이 없이 인숙을 따라다닌다는 것이다. 퇴근하고 돌아가는 인숙을 같은 전차를 타고 집 앞까지 따라와서는 인숙이 자기 집 대문 안으로 사라지는 걸 보고 나서야 봉우는 처량한 얼굴로 발길을 돌이킨다는 것이다. 그런 말은 전에도 잠깐 귀에 담은 일이 있었지만 어쩌다가 봉우 자신 그 방면에 볼일이 있으니까 그러려니 생각하고 있었다. 그런데 얘길 자세히 듣고 보니 딴 용건이 있어서가 아니라 인숙을 따라다니는 행동 그 자체가 엄연한 목적이라는 것이다. 날마다 병원 대합실에 나와서 낮잠을 자듯이 저녁

때마다 봉우가 자진해서 인숙을 집에까지 바래다주는 것은 하나의 일과로 되어 있다는 것이다. 인숙이 자신 처음 얼마 동안은 봉우의 엉뚱한 행동에 그리 신경을 쓰지 않았지만 요즘 와서는 미칠 것만 같다는 것이다. 무엇보다도 남의 이목이 두렵다는* 것이다. 그렇지 않아도 벌써 동네에서는 별별 소문이 다 떠돌고 집안 어른들에게도 잔소리를 듣게 되었다는 것이다. 인숙은 더러 그러한 봉우를 피하기 위해서 곧장 집으로 돌아가지 않고 일부러 딴 방향으로 돌아가 보기도 했지만 봉우는 역시 어린애처럼 떨어지지 않고 줄줄 따라다닌다는 것이다. 그렇다고 지긋지긋 귀찮게 실없는 수작을 거는 것은 아니다. 고작 꿈을 꾸듯 황홀한 눈을 인숙의 전신에 몰래 퍼부을 뿐이다. 처음엔 그러한 봉우가 그저 우습기만 했다. 그 뒤에는 징그러웠다. 요즘 와서는 무서워졌다는 것이다.

"저를 바라볼 때의 천 선생님의 그 이상히 빛나는 눈이 꼭 저를 어떻게 할 것만 같아요. 소름이 돋아요!"

그래서 인숙은 밖에도 잘 못 나온다는 것이다. 꿈에서까지 그런 봉우의 눈과 마주쳤다가 소스라쳐 깬다는 것이다. 병원이 휴업을 하는 일요일 아침이면 봉우는 직접 인숙이네 집 대문 앞에 와서 우두커니 지키고 섰다는 것이다. 하두 기가 차서 인숙이가 홧김에 쫓아 나가,

---

* 남의 이목이 두렵다는 남의 주의(관심)를 끌게 될까 봐 혹은 남에게서 비난을 받을까 두렵다는.

"천 선생님, 왜 또 여기 와 서 계셔요?"

따지듯 하면,

"오늘은 병원이 노는 걸 어떡해요?"

그러니까 이리로밖에 찾아올 데가 없지 않느냐는 듯이 무엇을 호소하듯 한 눈으로 인숙을 내려다본다는 것이다.

"이웃이 챙피해요. 집 식구들두 시끄럽구요. 얼른 돌아가 주세요, 네!"

사정하듯 하면 봉우는 갑자기 풀이 죽어서 천천히 골목을 걸어 나간다는 것이다. 그렇지만 얼마 있다 밖을 또 내다보면 봉우는 어느새 대문 앞에 도로 와서 척 지키고 서 있다는 것이다. 이래서 인숙은 자나 깨나 신경이 쓰여 흡사 미칠 것만 같다는 것이다.

"어떡허면 좋겠어요, 선생님."

말을 마치고 만기를 쳐다보는 인숙의 귀여운 얼굴이 아닌 게 아니라 이제 보니 핼끔하게 좀 파리해 있었다.

"천 선생은 가정적으루나 사회적으루나 퍽 불행한 사람이오."

만기는 호젓한 말씨로 그렇게 대신 변명하듯 했다.

"저두 대강은 짐작하구 있어요."

"또한 본래 바탕이 너무나 선량한 사람이오. 중학 때부터 남

호젓하다 1. 고요하다. 2. 쓸쓸하고 외롭다.

에게 이용이나 당하구 피해나 입었지, 전연 남을 해칠 줄은 모르는 사람이었소. 그러니까 미스 홍두 천 선생에게 악의나 증오감을 품구 대하진 말아요."

"저두 알아요. 그러니까 여태 참구 지내다 못해 선생님께 의논하는 게 아니에요."

"천 선생은 분명히 미스 홍을 사랑하구 있나 보오. 그러나 사랑을 노골적으루 고백할 수 있으리만큼 천 선생은 당돌하지 못한 사람이오. 그만치 인간의 자격에 자신을 잃구 있는 분이지. 그러면서두 미스 홍을 떠나서는 못 살겠는 모양이오. 잠시두 미스 홍을 안 보구는 못 배기겠는 모양이란 말요. 그렇다구 일방적인 천 선생의 애정에 대해서 미스 홍이 책임을 질 필요는 없을 테지. 다만 질적으로나 양적으로나 피차 더 큰 괴로움을 가져올 방향으로 이 문제를 해결해서는 안 된다는 것뿐이오. 물론 미스 홍의 불쾌하구 불안하구 난처한 처지는 알 수 있소만 조금 더 참고 지내요. 적당한 기회에 내가 천 선생하구 조용히 얘길 해 볼 테니. 그렇다구 이런 문제를 제삼자인 내가 아무 때나 불쑥 들구 나설 수도 없으니까 좀 기다린 말요. 그동안에 자연스럽게 얘기할 기회를 만들어 볼 테니까."

인숙은 붉어진 얼굴을 숙이고 가만히 듣고만 있었다. 얘기를 마치고 나서 만기는 인숙이더러 먼저 돌아가라고 했다. 인숙이가 문밖으로 사라진 뒤에야 만기도 일어나 봉우 자리로 가려니까 봉우는 그제야 눈이 휘둥그레서 벌떡 일어서더니 만기를 밀치듯이 하고 황황히 밖으로 쫓아 나가 버리었다. 만기도 할 수 없이 얼른 셈을 치르고 따라 나가 보았다. 전차 정류장 쪽을 향해 저만치 걸어가고 있는 인숙의 뒤를 봉우는 부리나케 쫓아가고 있었다. 그 광경이 흡사 엄마를 놓칠세라 질겁해서 발버둥치며 쫓아가는 어린애 모양과 비슷했다. 그 꼴을 묵묵히 바라보고 서 있던 만기는 저도 모르게 가만한 한숨을 토했다. 계산이 닿지 않는 애정*에 저렇게 열중해야 하는 봉우가 — 그리고 저러지 않고는 못 배기는 인간이 딱했기 때문이다. 동시에 만기 자신을 중심으로 자꾸만 얼크러지는 애정과 애욕의 미묘한 혼란이 숨 가쁜 까닭이기도 했다. 물론 봉우 처의 저돌적인 육박도 골치 아픈 일이기는 했지만 그보다도 오히려 처제인 '은주'의 문제가 만기의 마음을 더 어지럽게 하였다.

은주는 어머니를 모시고 밑으로 어린 두 동생을 거느리고 어느 관청에 사무원으로 나가고 있었다. 6·25 동란 이후 삼사 년간은 전적으로 만기에게 얹혀 지냈다. 그러니까 만기는 처가네 식구까지 열네 명이나 되는 대가족을 거느리고 있었던 것이다.

✽ 계산이 닿지 않는 애정 사랑을 얻기 위해서는 전후 사정을 고려하여 상대방에게 접근해야 할 텐데, 그런 고려가 전혀 없는 맹목적인 애정을 의미한다.
애욕(愛慾) 애정과 욕심을 아울러 이르는 말.
육박(肉薄) 바싹 가까이 다가붙음.

친동생들을 학교에 보내면서 처제들이라고 모르는 체할 수는 없었다. 은주와 그 두 동생까지 모두 여섯 명이나 중학교, 고등학교, 대학교에 집어넣었다. 그들의 학비와 열네 식구의 생활비를 위해서 만기는 문자 그대로 고혈(膏血)을 짜 바쳤다. 물론 동생들은 고학을 한답시고 각각 능력껏 활동들을 해서 잡비 정도는 저희들이 벌어 썼지만 그렇다고 만기의 짐이 덜릴 수는 없었다. 만기는 자연 나날이 쪼들리지 않을 수 없었다. 얼마 안 되는 병원 수입만으로는 어림도 없었다. 참다 참다 급하게 되면 어쩔 수 없이 여기저기서 돈을 돌려다 썼다. 부모가 남겨 준 유일한 재산이었던 집 한 채마저 팔아 버리고 유축에 전셋집을 얻어 갔다. 이러한 곤경 속에서도 만기는 가족들 앞에서 결코 짜증을 내거나 불평을 말하는 일이 없었다. 얼굴 한 번 찡그려 본 일이 없었다. 아무와도 나눌 수 없는 고민이란 영혼까지도 고갈하게 만드는 법이다. 만기는 자기에게 지워진 고통을 혼자서만 이를 사려물고 이겨 나갔다. 하도 고민이 심할 때는 입맛을 잃고 잠도 제대로 이루지 못했다. 그러한 만기의 심중을 아내만은 알았다. 밤새껏 엎치락뒤치락하며 남편이 잠을 못 드는 밤이면 아내

고혈(膏血) 사람의 기름과 피.
고학(苦學) 학비를 스스로 벌어서 고생하며 배움.
유축 외따로 떨어져 구석진 곳.
고갈하다(枯渴--) 1. 어떤 일의 바탕이 되는 돈이나 물자, 소재, 인력 따위가 다하여 없어지다. 2. 느낌이나 생각 따위가 다 없어지다.
사려물다 사리물다. 힘주어 입술이나 이를 꼭 물다.

는 말없이 만기를 끌어안고 소리를 죽여 가며 흐느껴 울었다. 그런 때 만기는 도리어 아내의 등을 어루만지며 위로해 주는 것이었다.

"〈장 크리스토프〉라는 롤랑*의 소설 가운데 이런 말이 있다우. '사람이란 행복하기 위해서 살고 있는 것은 아니다. 자기의 정해진 길을 가기 위해서 살고 있는 것이다.' 여보, 나를 위해서 진심으로 울어 줄 아내가 있는 이상 나는 결코 꺾이지 않을 테요. 그러니까 날 위해 과히 걱정 말구 어서 울음을 그쳐요. 자 어서, 이게 뭐야 언내*처럼."

만기가 그러고 달래듯이 눈물을 닦아 주려면 아내는 참아 오던 울음소리를 탁 터뜨리고 발버둥 치며 더욱 섧게 우는 것이다. 아내는 세상의 어떤 아내보다도 만기를 깊이 이해하고 존경하고 사랑하고 동정하고 있었다.

그러나 그 밖에 또 한 여인이 만기 아내에게 못지않게 만기를 존경하고 사랑하고 동정하며 한 지붕 밑에 살고 있었다. 그는 물론 처제인 은주였다. 은주는 소녀다운 깊은 감동으로 형부를 우러러보고 사모했다. 귀공자다운 풍모, 알맞은 체격, 넓고 깊은 교양, 굳은 의지와 확고한 신념, 강한 의리감과 풍부한 인정미, 어떤 점으로 보나 형부 같은 남성은 세상에 다시없을 것 같

롤랑 로맹 롤랑(Romain Rolland, 1866~1944). 프랑스의 소설가, 극작가, 평론가, 사상가. 일생을 인류애와 평화주의에 바친 실천가로, 1915년에 노벨 문학상을 받았다.
언내 '어린아이'의 사투리.

았다. 그러한 형부가 보잘것없는 가족들을 위해서 노예처럼 희생당하고 있다. 형부를 위해서는 이 따위 가족들이 다 없어져도 좋지 않을까. 아니, 형부를 둘러싸고 있는 너절한 인간들이 온통 사라져 버려도 좋지 않을까. 불공평한 현실 속에서 가족을 위해 죄인처럼 고민하는 형부를 생각할 때 은주는 속으로 혼자 울며 그렇게 중얼거려 보기도 했다. 은주는 그처럼 형부를 위해 마음이 아팠다. 자연스럽게 형부를 사랑했다. 사랑하지 않고서는 견딜 수 없는 심경이었다. 은주는 형부를 위해서라면 사랑을 위해서라면 언제든지 서슴지 않고 웃으며 죽을 수 있을 것 같았다. 은주는 오랫동안 여러 가지로 혼자 궁리한 끝에 대학교 일 학년을 마치는 길로 자진해서 학업을 중단하고 취직해 버렸다. 그러고는 어머니와 동생들을 데리고 셋방을 얻어 나가 자립 생활을 시작했다. 조금이라도 사랑하는 형부의 짐을 덜어 주고 싶어서였다. 이사해 나가는 날 마지막으로 식사를 같이 하고 나서 은주는 가족들이 있는 앞에서 언니에게 대담하게 이런 말을 했다.

"언니, 나 형부를 사랑해두 좋아?"

다들 웃었다. 물론 농담인 줄 알았기 때문이다. 그러나 만기와 그의 아내만은 겉으로는 웃었지만 속으로는 웃지 못했다. 은주의 말이 결코 농담에 그치는 것이 아님을 짐작할 수 있었던 탓이다. 작년부터는 가족들 사이에 자주 은주의 결혼 문제가 화제에 올랐다. 장모가 들를 적마다 사위와 딸 앞에서 은주의 나이 걱정을 해서다. 하기는 아버지 없는 은주에게 대해서 언니나 형부 노릇뿐 아니라 아버지와 어머니 노릇까지도 대신해야 할 그들의 처지로서는 은주의 결혼 문제에 무심할 수는 없었다. 만기 부처˙는 기회 있는 대로 은주의 배필˙을 물색해 보았다. 그러다가 적당한 상대가 나서면 사진을 구해 두었다가 은주가 들를 때 내보이곤 했다. 그러나 은주는 그때마다 사진 같은 건 거들떠보지도 않고,

"미안합니다. 누가 시집간댔어요!"

그러고는 장난꾸러기같이 어깨를 으쓱하며 쿡쿡 웃었다.

"애두, 그럼 평생 처녀루 늙을래."

언니가 가볍게 눈을 흘기면,

"형부만 한 신랑감을 골라 주신다면……."

또 아까와 같이 어깨를 으쓱하며 웃었다.

"나보다 몇 갑절 나은 청년이야. 우선 사진이나 구경해."

만기가 남자 사진을 눈앞에 들이대도,

"사랑하는 사람을 두구 시집을 가란 말씀예요!"

정색하고 은주는 사진을 받아 던지었다.

"그렇지만 딱하지 않니? 형부를 이제 와서 둘이 섬길 수두 없구……. 그럼 차라리 내가 형부를 양보할까!"

만기 처가 농담 아닌 농담을 건네고 미묘하게 웃었다.

부처(夫妻) 부부.
배필(配匹) 부부로서의 짝.

"언니, 건 안 될 말씀. 난 언니두 사랑하는걸요!"

그러고는 살며시 다가앉으며 서양 사람이 그러듯 언니 볼에 가볍게 입을 맞추었다.

"여보, 세상에 나 같은 행운아가 어딨겠소. 선녀처럼 예쁘고 어진 당신과 비너스같이 황홀한 우리 은주 아가씨의 사랑을 독차지하게 됐으니 말이오!"

은주의 태도를 어디까지나 장난으로 구슬려 버리려는 만기의 의도를 은주는 묵살해 버리듯,

"언니, 나 꼭 한 번만 형부하구 키스해두 괜찮우?"

어리광 피우듯 해서,

"여보, 이 애 소원을 풀어 주시구려!"

언니가 어색한 웃음을 지으며 만기를 쳐다보았더니, 은주는,

"가짓말, 언니 가짓말!"

언니를 나무라듯 몸부림치고 두 손으로 얼굴을 가리고 언니 무릎 위에 푹 엎드려 버리고 말았다. 얼마 뒤에 고개를 드는 은주의 두 눈이 의외에도 젖어 있었다. 신뢰에 찬 미소로 시선을 교환하는 만기 부처의 얼굴에는 똑같이 복잡하고 난처한 기색이 떠오르고 있었다. 그러면서도 다행한 것은 만기와 단둘이 만났을 때는 은주는 추호도 연정(戀情)을 표시하는 일이 없었다.

추호(秋毫) 매우 적거나 조금인 것을 비유적으로 이르는 말.
연정(戀情) 이성을 그리워하고 사모하는 마음.

어디까지나 처제의 위치에서 형부를 대하는 담담한 태도였다. 은주가 만기에 대한 걷잡을 수 없는 사랑을 언동으로 표시하는 것은 반드시 언니가 동석한 자리에서만이었다. 그만큼 은주는 깨끗한 아이였다. 만기 처 역시 그랬다. 형부에 대한 은주의 사랑을 시인하지 않을 수 없으면서도 남편과 동생의 사이를 의심하지는 않았다. 그만치 남편과 동생을 믿고 있는 것이다. 이렇듯 알뜰한 아내와 은주 사이에 끼여서 만기는 참말 난처하지 않을 수 없었다. 결혼하기를 주위에서들 아무리 달래고 권해도 은주는 영 듣지 않았다. 한평생 만기만을 생각하고 사랑하며 깨끗이 혼자 늙겠다는 것이다. 그것이 일시적인 단순한 흥분에서가 아니라 필사적인 각오로 은주 스스로가 택하는 자기 인생의 엄숙한 선언이었다. 그러니만치 주위 사람들도 다 함께 괴로웠고 당자인 만기는 더할 수밖에 없었다. 거기에 봉우 처마저 노골적인 추태로써 만기를 위협해 왔고, 봉우와 미스 홍의 어쩔 수 없는 문제, 외면해 버릴 수 없는 익준의 암담한 가정 내막, 나날이 더 심해 가는 경제적인 고통, 이런 복잡한 관계들이 뒤얽혀 만기의 마음속을 더욱 어둡고 무겁게만 해 주었다. 그러나 만기는 역시 외면의 잔잔함만은 잃지 않았다. 한결같이 부드럽고 품 있는 미소로써 누구에게나 친절히 대하기를 잊지 않는 것이다.

당자(當者) 당사자.

삼십이 좀 넘어 보이는 낯선 남자가 봉우 처의 편지를 가지고 병원을 찾아왔다. 만기는 남자에게 의자를 권하고 편지를 펴 보았다. 비교적 달필로 남자 글씨처럼 시원스레 내리갈긴 편지의 내용은 이러했다.

일전에는 실례했나 봐요. 저를 천한 계집이라고 아마 비웃었을 것입니다. 그건 아무래도 좋아요. 지극히 인격이 고상하신 도학자님의 옹졸한 취미를 저는 구태여 방해하고 싶지는 않으니까요. 한편 저 같은 계집에게도 선생님같이 점잖은 분을 비웃을 권리나 자격이 어쩌문 아주 없지도 않을 거예요. 삶을 대담하게 엔조이할 줄 아는 현대인 가운데 먼지 낀 샘플처럼 거의 폐물에 가까운 도금(鍍金)한 인간이 자기만족에 도취하고 있는 우스꽝스런 꼴을 아시겠습니까? 선생님 자신이 바로 그러한 인간의 표본이야요. 선생님에게 또 비웃음을 받을 이따위 수작은 작작 하고 그러면 용건을 말씀드리겠습니다.

다름 아니라 그날도 말씀드린 바와 같이 병원 시설을 작자가 나섰을 때 팔아 치울 생각입니다. 이 편지를 갖고 간 분에게 기구 일습을 잘 구경시켜 드리기 바랍니다. 매매 계약은

달필(達筆) 능숙하게 잘 쓰는 글씨.
도학자(道學者) 유교 도덕에 관한 학문을 연구하는 학자. 여기에서는 '만기'를 비꼬아 이르는 말임.
✤ 먼지 낀 샘플처럼 거의 폐물에 가까운 도금(鍍金)한 인간 감정이나 욕망에 충실하지 못하여 금박을 입힌 것처럼 인간답지 못하며 아무도 거들떠보지 않는 쓸모없는 인간.

대개 오늘 안으로 성립될 것이오며 계약 성립 즉시로 통지해 드리겠사오니 그때는 일주일 이내에 병원과 시설 일체를 내어 주시기 바랍니다.

저는 선생님이 원하신다면 새로이 현대적 시설을 갖추어 드리고 싶었고 현재도 그러한 제 심정에는 변함이 없습니다. 그러나 솔직한 제 호의를 침 뱉어 버리는 선생님의 인격 앞에 저는 하릴없이˙ 물러서는 수밖에 없나 봅니다.

그러한 본문 끝에 '추백(追白)˙'이라고 하고 '만일 제게 용건이 계시면 다음 번호로 언제든지 전화를 걸어 주시기 바랍니다'에 이어서 전화번호가 잔글씨로 적혀 있었다. 편지를 읽고 난 만기는 언제나 다름없이 침착한 태도로 알맹이를 도로 접어서 봉투 안에 집어넣었다. 그의 손끝이 가늘게 떨렸다. 인숙이만이 재빨리 그것을 눈치챌 수 있었다. 만기는 편지를 서랍 속에 간직하고 나서 그 편지를 갖고 온 남자에게 친절한 태도로 시설을 보여 주었다. 남자는 의료 기구상을 하고 있다고 하면서도 기계에 대한 내용을 잘 모르는 것 같았다. 그 남자가 돌아간 뒤 만기는 자기 자리에 앉아서 담배를 피워 물었다. 몹시 피로해 보였다. 얼굴색도 알아보게 창백해져 있었다. 인숙이가 조심히

하릴없이 달리 어떻게 할 도리가 없이.
추백(追白) 추신(追伸). 뒤에 덧붙여 말한다는 뜻으로, 편지의 끝에 더 쓰고 싶은 것이 있을 때에 그 앞에 쓰는 말.

다가와서,

"이제 그분 뭐하러 왔어요?"

걱정스레 물었다.

"시설을 보러 왔소."

"건 왜요?"

"어찌 되면 이 병원의 시설이 그 사람에게 팔릴지두 모르겠소."

그 말에 놀란 것은 간호원뿐이 아니었다. 대합실 소파의 구석자리에 앉아서 반은 자고 반은 깨어 있던 봉우가 별안간 눈을 휘둥그렇게 뜨고 만기를 건너다보았다.

"정말인가?"

"그런가 보이!"

"그럼 이 병원은 아주 문을 닫아 버린단 말인가?"

"그렇게 되기 쉬울 거야!"

봉우는 어처구니없다는 듯이 입을 벌린 채 잠시 만기를 멍하니 바라보고 있었다.

"그럼 대체 자네나 미스 홍은 어떻게 되는 건가?"

"글쎄, 아직 막연하지!"

봉우는 거의 절망적인 눈으로 만기와 인숙을 번갈아 보았다.

"천 선생님, 이 병원을 팔지 말구 이대루 두라고 사모님께 잘 좀 부탁을 하세요, 네!"

인숙은 심각한 표정으로 애원하듯 했다.

"내가? 내가 부탁헌다구 들어줄까요?"

"선생님 사모님이신데 아무렴 선생님이 간곡히 부탁하면 안 들으실라구요."

"그럼 뭐라구 하문 될까요?"

"어마, 그걸 제가 어떻게 알아요. 선생님이 잘 생각해서 말씀하셔야죠."

봉우는 더 대답을 못 하고 고개를 숙여 버리고 말았다. 그에게는 아내를 움직이는 일은 하늘을 움직이는 일만큼 불가능한 일이었던 것이다. 그러나 아내를 움직이지 못한다면 그는 유일한 휴식처요 보금자리인 이 대합실 소파를 빼앗겨 버리고 말 것이다. 그뿐이 아니다. 마음의 빛이요 보람인 미스 홍을 놓쳐 버리고 말 것이 아닌가! 봉우는 그만 처참할 정도로 푹 기가 죽어 버리고 말았다.

몇 시간 뒤의 일이었다. 마침 환자가 있어서 치료해 보내고 만기가 자기 자리로 돌아와 환자 카드를 정리하려는데, 허줄한 소년이 대합실 문 앞에서 기웃거리며 안을 살피고 있었다. 전번에 왔던 익준의 아들이었다.

"너 웬일이냐?"

만기는 직감적으로 어떤 불길한 예감에 쏠리며 물었다. 소년은 먼젓번처럼 가만히 문을 밀고 대합실 안에 들어섰다. 소년의

허줄하다 차림새가 보잘것없고 초라하다.

얼굴에는 눈물 자국이 있었다. 소년은 병원 안을 한 바퀴 둘러보고 나서 만기를 보았다.

"울 아버지 안 오셨어요?"

"안 오셨다. 이삼 일 전부터 통 보이질 않는구나."

소년은 한 발에만 고무신을 신고 왜 그런지 한 짝은 벗어서 손에 들고 있었다.

"아버지 집에두 안 돌아오셔요."

"그래? 언제부터?"

만기는 이상해서 다그쳐 물었다.

"어저께두 그 전날두 안 돌아오셨어요."

"웬일일까!"

정말 알 수 없는 일이었다. 소년은 무슨 말을 할 듯 할 듯하다 말고 그대로 돌아서 나가려고 했다. 만기는 얼른 소년을 도로 붙들어 세운 다음,

"어머닌 좀 어떠시냐?"

묻고서 그 대답이 무서웠다.

"죽었어요!"

소년은 수치스러운 일처럼 고개를 숙이고 가만한 소리로 대답했다. 예측했던 일이지만 만기는 가슴이 섬뜩했다. 언제 돌아가셨느냐니까,

"좀 아까예요!"

소년은 그러고 외면을 했다. 더 자세히 얘기를 듣고 보니 소

년의 모친은 약 두 시간 전에 눈을 감은 모양이었다. 집에는 두 동생과 주인집 할머니만이 시체를 지키고 있다는 것이다. 외할머니도 아침에 생선 장사를 나간 채 아직 돌아오지 않았다고 한다. 만기는 소년의 한쪽 손을 꼭 쥐어 주며,

"대체 아버지는 어딜 가셨을까?"

다정하게 물었다.

"모르겠어요!"

소년은 슬그머니 손을 빼고 돌아서 나가려고 했다.

"가만있거라. 나랑 같이 가자."

만기는 흰 가운을 벗고 양복저고리를 바꾸어 입었다. 그리고 오늘 들어온 돈을 죄다 긁어서 주머니에 넣었다.

"여보게 봉우. 자네두 같이 가지."

"뭐? 나두?"

봉우는 자다 깬 사람처럼 얼떨결에 놀라 묻고 좀 머뭇거리다가 엉거주춤 따라 일어섰다. 간호원에게 뒷일을 부탁하고 만기가 앞장서 막 병원을 나서려는 참인데 이십 살쯤 되었을 어떤 청년이 들어섰다. 청년은 원장 선생님을 찾더니 만기에게 한 장의 쪽지를 전하였다. 봉우 처에게서 온 통지였다.

    병원 시설은 매매 계약이 성립되었습니다. 앞으로 일주일 이내에 병원을 비워 주시기 바랍니다.

그리고 이번에도 언제든 용건이 있으면 서슴지 말고 연락을 해 달라고 하고 전화번호가 적혀 있었다. 만기는 말없이 쪽지를 편 대로 간호원에게 넘겨주고 밖으로 나왔다.

익준의 아들은 밖에 나와서도 한쪽 고무신을 손에 든 채 그쪽은 맨발로 걷고 있었다. 남 보기에도 딜 좋으니 그러지 말고 한쪽 고무신마저 신으라고 권해도,

"발에 땀이 나서 그래요."

소년은 점직한˙ 듯이 그리고 한쪽 손에 든 고무신을 뒤로 슬며시 감추었다. 그러나 만기는 그제야 눈치를 채고 소년이 들고 있는 고무신을 걸으면서 유심히 보았다. 그것은 닳아서 뒤꿈치가 터지고 코뚜리가 쭉 찢어져서 도무지 발에 걸리지 않게 되어 있었다. 만기는 가슴이 찌르르 했다. 전차를 타기 전에 그는 소년에게 고무신부터 한 켤레 사 주고 싶었다. 그러나 그 근처에는 고무신 가게가 눈에 뜨이지 않았고 때마침 전차가 눈앞에 와 멎어서 그대로 이내 차에 오르고 말았다.

소년의 가족이 들어 있는 집은 지붕을 기름종이로 덮은 토담집이었다. 소년의 어린 두 동생이 거지 아이 꼴을 하고 문턱에 기운 없이 걸터앉아 있었다. 역한 냄새가 울컥 코를 찌르는 침침한 방 안에는 옆방에 산다는 주인 노파가 역시 이웃 아낙네와

점직하다 부끄럽고 미안하다.

마주 앉아 시체를 지키고 있었다. 방바닥에 착 달라붙은 듯한 시체 위에는 낡은 담요 조각이 덮여 있었다. 우선 집주인 노파에게 인사를 하고 나서 만기는 할 일을 생각했다. 주인이 없더라도 사망 진단서와 사망 신고 등의 절차는 밟아 두어야 했다. 요행˙ 반장˙의 협력을 얻어서 그런 일들은 무난히 끝낼 수가 있었다. 아이들의 외할머니는 저녁때가 되어서야 비린내 나는 광주리를 이고 돌아왔다. 딸이 죽은 것을 알고도 그리 슬퍼하지도 않았다. 그저 노파의 전신에는 보기에 딱하리만큼 심한 피로가 배어 있었다. 노파의 말에 의하면 익준은 이삼 일 전에 인천 방면의 어느 공사판을 찾아갔다는 것이다. 환자에게 주사 몇 대라도 놓아 주면 한이나 풀릴 것 같아서 벌이를 떠났다는 것이다. 부득이 만기가 주동이 되어서 장례식 일을 맡아보아 주는 수밖에 없었다. 첫째 비용이 문제였다. 만기가 자기 호주머니를 톡톡 털어서 당장 사소한 비용을 썼다. 봉우는 그저 시무룩하니 앉아서 만기 눈치만 살피다가 어디를 나가면 그림자처럼 따라다닐 뿐이었다. 상가˙에서 밤을 새우고 나서 만기는 이튿날 아침 잠깐 병원에 들러 보았다. 물론 봉우도 함께 와서 대합실 구석 자리에 앉아 있었다. 만기도 나른히 지쳐 있었다. 인숙이가 걱정스레 만기를 바라보며 무슨 말을 할 듯하다가 말았다. 만기는

요행(僥倖/徼幸) 뜻밖에 얻는 행운. 여기에서는 '다행히' 정도의 의미로 쓰임.
반장(班長) 행정 구역의 단위인 '반(班)'을 대표하여 일을 맡아보는 사람.
상가(喪家) 사람이 죽어 장례를 치르는 집.

한동안 묵연히 생각에 잠겨 있다가 대합실 소파로 가서 봉우 옆에 바싹 다가앉았다.

"여보게, 같이 가서 자네 부인을 좀 만나 보구 올까!"

"아니, 건 또 무슨 소리야."

"당장 장례 비용이 있어야 할 게 아닌가. 그러니 자네두 같이 가서 조언을 좀 해 줘야겠단 말이네."

만기는 봉우 처에게서 장례 비용을 좀 뜯어 볼 생각이었다. 아무리 간소히 치른다 해도 관은 사야 할 게고 세 어린것에게 상복을 입히고 영구차도 불러야 하겠는데 그 비용을 변통할 길이 달리는 전연 없었기 때문이다. 밖에 나가 전화를 걸고 찾아가려고 만기는 그리 달가워하지 않는 봉우를 끌고 일어섰다. 그러자,

"선생님, 잠깐만……."

무슨 각오를 지닌 듯한 표정으로 인숙이 불러 세웠다.

"왜 그러우?"

인숙은 만기를 진찰실 구석으로 끌고 가서 나지막한 소리로,

"이 병원, 결정적으루 팔리게 되었나요?"

캐묻듯 했다.

"그런 모양이오!"

묵연히(默然 -) 잠잠히 말이 없이.
영구차(靈柩車) 장례에 쓰는 특수 차량. 시체를 넣은 관을 실어 나른다.

인숙은 심각한 표정으로 고개를 숙였다. 잠시 말을 못 하고 서 있었다. 밀린 급료 문제나 실직될 것을 걱정해서 그러는 줄로 만기는 알았다.

"미스 홍이 삼 년 이상이나 마치 자기 일처럼 성의껏 거들어 준 데 대해서는 그 고마움을 평생 잊지 않겠소. 그런 만큼 헤어지게 될 때는 충분히 물질적 사례를 취하는 것이 도리겠지만, 미스 홍도 알다시피 현재의 내 경제적 사정으로는 그건 어렵겠으나 밀린 급료만은 어떡해서든 책임지고 청산하도록 할 테니 그리 알아요. 그리구 미스 홍의 취직 문젠데, 나도 딴 병원을 극력˚ 알아볼 테니 미스 홍도 오늘부터라두 아는 사람에게 미리 부탁해 두어요."

만기는 한편으로는 사과하듯 한편으로는 위로하듯 했다. 그러자 불시˚에 고개를 바짝 들고 정면으로 쳐다보는 인숙의 시선에 부딪친 만기는 가슴에 뭉클하는 충동을 받았다. 원망스럽게 쳐다보는 인숙의 눈에는 눈물이 핑그르르 돌고 있었기 때문이다.

"절 그렇게만 보셨어요!"

인숙은 외면하면서 손가락 끝으로 눈물을 뭉개고 나서,

"건 가혹한 오해세요!"

입술을 깨물었다.

극력(極力) 있는 힘을 아끼지 않고 다함. 또는 그 힘.
불시(不時) (주로 '불시로', '불시에' 꼴로 쓰여) 뜻하지 아니한 때.

"미스 홍, 내가 피로해 있기 때문에 실언을 했나 보오. 너무 노골적인 말이어서 노엽거든 용서해요."

"선생님, 저보다두 실상 선생님이 더 큰일 아니에요. 그 숱한 식구의 생활비며 학비며……. 개업 중에두 늘 곤란을 받으셨는데 병원을 내놓게 되면 당장 어떡허세요!"

"고맙소. 그러나 스스로 애쓰는 자는 하늘이 돕는다지 않소. 우선 천 선생네 장례식이나 끝내고 나서, 나도 백방으로 살 길을 찾아볼 테니 과히 걱정 말아요!"

인숙은 이상히 빛나는 눈으로 만기를 쳐다보다가,

"선생님, 새로 병원을 차리려면 최소한도 얼마나 자금이 필요해요?"

주저하며 물었다.

"아마, 팔십만 환은 가져야 불충분한 대로 개업할 수 있을 게요."

인숙은 잠깐 동안 입술을 깨물고 섰다가 불시에 고개를 들고 호소하는 듯한 눈으로 만기를 쳐다보며,

"선생님, 제게 오십만 환이 있어요. 그걸 선생님께 드리겠어요. 그리구 오빠에게 부탁해서 삼십만 환은 어디서 싼 이자루 빌려 오도록 하겠어요. 선생님, 병원을 내세요!"

실언(失言) 실수로 잘못 말함. 또는 그렇게 한 말.
백방 (주로 '백방으로'의 꼴로 쓰여) 여러 가지 방법. 또는 온갖 수단과 방도.

말을 마치자 인숙의 눈에서는 갑자기 눈물이 주르르 쏟아졌다. 인숙은 그것을 씻을 생각도 않고 젖은 눈으로 열심히 만기를 쳐다보며 서 있었다. 조금이라도 만기가 움직이기만 하면 인숙은 쓰러지듯 그대로 만기 가슴에 얼굴을 묻고 매달릴 것 같았다.

"미스 홍이 어떻게 그런 대금˙을 자유로 할 수 있겠소!"

만기는 그럴수록 냉정한 언동을 유지하려고 애쓰며 물었다.

"그동안 제가 받은 급료에는 일절 손을 대지 않구 제 몫으루 고스란히 모아 왔어요. 어른들은 제 결혼 비용으로 생각하고 계셨지만 저는 선생님께 병원을 채려 드릴 일념˙으루 모아 온 돈이에요!"

동일한 자세로 만기의 얼굴을 치켜 보고 섰는 인숙의 눈에는 새로운 눈물이 계속해 흘렀다. 그 눈물 저쪽에 타오르고 있는 인숙의 눈에서 만기는 아내의 애정을 보았고 은주의 열정을 느끼었다. 영롱하게 젖은 그 눈 속에는 모든 여자가 진정으로 사랑하는 남자에게만 보여 주는 마음의 비밀이 빛나고 있었다. 만기도 가슴속이 훅 달아오르는 것을 참고 눌렀다.

"미스 홍, 입이 있어도 내게는 당장 대답할 말이 없소. 인제 그만 눈물을 닦아요. 어제 오늘은 내 머리도 몹시 복잡합니다.

대금(大金) 많은 돈.
일념(一念) 한결같은 마음. 또는 오직 한 가지 생각.

훗날 머리가 좀 식은 다음에 천천히 얘기합시다."

겨우 그런 말을 중얼거리고 만기는 문간에서 기다리고 섰는 봉우를 따라 밖으로 나와 버리고 말았다.

봉우 처에게 전화를 걸었더니 딴 사람이 전화를 받았지만 이내 만날 수 있게 연락을 취해 주었다. 지정한 다방으로 가 보니 봉우 처가 기다리고 있었다. 앞장서 들어서는 만기를 보고 반색을 하다가 뒤따라 들어오는 자기 남편을 보고 여자는 놀라는 눈치였다. 마주 앉기가 바쁘게 만기는 용건부터 얘기했다. 익준이와 봉우와 자기는 중학 시절 이래 막역한˙ 친구임을 말하고 나서 익준이네 비참한 가정 형편을 들려주었다. 그러고는 장례 비용을 희사하거나˙ 빌려 주기를 간청한 것이다.

"정말야. 이 친구 말대루야. 나두 보구 가만있을 수가 없어. 몇 달 동안 내 용돈을 안 타 써두 좋으니까 사정을 봐 줘."

봉우는 제법 용기를 내서 아이가 어머니에게 조르듯이 옆에서 거들었다. 그 사이 봉우 처는 몇 번이나 낯색이 변하였다.

"선생님께서두 저 같은 여자가 소용에 닿을˙ 때가 있군요. 좋아요. 저는 점잖은 선생님의 청을 거절할 용기가 없어요!"

여자는 언어 이상의 의미를 표정으로 나타내고 나서 일어서 저쪽으로 가려다가,

막역하다(莫逆 --) 허물이 없이 아주 친하다.
희사하다(喜捨 --) 어떤 목적을 위하여 기꺼이 돈이나 물건을 내놓다.
✽ 소용에 닿을 쓸데가 있을.

"오만 환 정도라면 당장 되겠어요. 물론 현금이 좋으시겠죠."

대답도 듣지 않고 카운터 뒤로 사라져 버리더니 좀 뒤에 현찰을 신문지에 꾸려 가지고 돌아왔다. 만기가 치하를 하고 일어서려니까,

"이 돈 그냥 드리는 건 아니에요."

여자가 그래서,

"알겠습니다. 이 자리에서 기일 약속을 할 수 없지만 반드시 책임지고 갚아 드리겠습니다."

그랬더니 봉우 처는 문간까지 따라 나오며 애교 떤 농담조로,

"고지식한 양반, 그렇다면 원금만 가지고는 안 되겠어요. 적당한 이자까지 듬뿍. 아시겠어요?"

거의 아양에 가까운 교태였다. 봉우의 눈치를 곁눈질로 살피며 당황히 줄달음치듯 나오는 만기 등 뒤에다 대고,

"일간 다시 들러 주세요. 선생님 일루 꼭 의논할 일이 있으니까요!"

여자는 거리낌 없이 소리를 지르는 것이었다.

하여튼 그 돈으로 간소하나마 격식을 갖추어 장례식을 무사

치하(致賀) 남이 한 일에 대하여 고마움이나 칭찬의 뜻을 표시함.
고지식하다 성질이 외곬으로 곧아 융통성이 없다.
  외곬 단 하나의 방법이나 방향.
일간(日間) 가까운 며칠 안에.

히 치를 수 있은 것은 다행한 일이다. 관을 사 오고 광목˚을 떠다 아이들에게 상복을 지어 입히고 고무신도 사다 신겼다. 의논해서 화장을 않고 망우리에 무덤을 남기기로 했다. 장지˚로 향하는 차 안에서 익준이 없는 것을 만기가 탄식했더니,

"살아서두 남편 구실 못 한 위인, 죽은 댐에야 있으나마나지!"

익준의 장모는 개의치 않았다. 그러나 좀 늦게나마 남편 구실을 못한 익준이 그날로 집에 돌아오기는 한 것이다. 거의 황혼 무렵이 되어서 산에서 돌아온 일행이 익준네 집 골목 어귀에서 차를 내렸을 때였다. 저쪽에서 머리에 흰 붕대를 감고 이리로 걸어오는 허줄한˚ 사내가 있었다. 아이들이 먼저 알아차리고,

"아, 아버지다!"

소릴 질렀다. 그러자 익준은 멈칫 걸음을 멈추었고, 이쪽에서들도 일제히 그리로 시선을 보냈다. 익준은 머리에 상처를 입은 모양이었다. 한 손에는 아이들 고무신 코숭이가 비죽이 내보이는 종이 꾸러미를 들고 있었다. 그는 무표정한 얼굴로 이쪽을 향하고 꼼짝 않고 서 있었다. 석상(石像)˚처럼 전혀 인간이 느껴지지 않는 얼굴이었다.

광목(廣木) 무명실로 너비가 넓게 짠 베.
장지(葬地) 장사하여 시체를 묻는 땅.
허줄하다 차림새가 보잘것없고 초라하다.
석상(石像) 돌을 조각하여 만든 사람이나 동물의 형상.

"어이구, 차라리 쓸모없는 저따위나 잡아가지 않구, 염라대왕두 망발*이시지!"

익준의 장모는 사위를 바라보면서 그렇게 중얼대고 인제야 눈물을 질금거리었다. 그래도 아이들이 제일 반가워했다. 일곱 살 먹은 끝의 놈은,

"아부지!"

하고 부르며 쫓아가서 매어 달렸다.

"아부지, 나, 새 옷 입구, 자동차 타구 산에 갔다 왔다!"

어린것이 자랑스레 상복 자락을 쳐들어 보여도 익준은 장승처럼 선 채 움직일 줄을 몰랐다.

■「사상계」(1958. 9) ; 『비 오는 날』(일신사, 1959)

망발(妄發) 망령이나 실수로 그릇된 말이나 행동을 함. 또는 그런 말이나 행동.

잉여 인간

등장인물 들여다보기

서만기

삼십대 중반의 치과 의사 서만기는 한마디로 외모와 인격 면에서 모든 것을 다 갖춘 이상적인 인물입니다. 그는 "후리후리한 키"에 "귀공자다운 해사한 면모"를 갖고 있지요. 또한 문벌 있는 가문에서 구김살 없이 자라나 예의범절이 몸에 배어 있고 미술, 문학, 스포츠 등에도 고급의 감상안을 갖고 있는 "영국풍의 신사"입니다. 그러나 현실적으로 그는 경제적인 어려움과 주위 여인들의 사랑 공세로 곤란을 겪고 있는 인물입니다.

우선 그는 치과 의사라고는 하지만 경제적으로 매우 궁핍한 상태입니다. 의료 기구나 병원을 봉우 처에게서 세내어 운영하면서 자기 식구 열 명을 부양하고, 처가 식구 네 명에게까지 도움을 주고 있기 때문입니다. 또한 봉우의 처가 경제력을 바탕으로 그를 유혹하는가 하면, 처제인 은주는 형부인 그를 사모하여 결혼을 하지 않고 있습니다. 간호사 홍인숙 역시 그가 병원에서 쫓겨나게 되는 상황에 이르자 그에 대한 연정을 드러내며 자신이 그동안 모은 돈으로 병원을 새로 차릴 것을 권유합니다. 이러한 상황 속에서도 서만기는 "사람이란 행복하기 위해서 살고 있는 것은 아니다. 자기의 정해진 길을 가기 위해서 살고 있는 것이다.", "스스로 애쓰는 자는 하늘이 돕는다"라는 좌우명을 실천하며 꿋꿋이 자신의 길을 걸어

갑니다. 그리하여 경제적 궁핍 속에서도 불평을 하지 않으며, 여인들의 사랑 공세에 휘말리지도 않습니다. 친구 채익준의 아내가 죽었을 때 자신 역시 궁핍한 처지이면서도, 자신이 가진 돈만으로는 부족하게 되자 봉우의 처에게 돈을 빌려 최선을 다해 장례를 치러 주는 모습은 서만기의 인간됨을 잘 보여 줍니다.

작가 손창섭의 작품에는 삶에 대한 의욕을 상실한 사람들이 주로 등장하는데, 서만기는 작가의 작품에 등장하는 거의 최초의 이상적인 인물이라 할 수 있지요. 이는 작가 의식의 변화를 보여 주는 대목이라는 점에서 주목됩니다.

천봉우

서만기의 중학교 동창인 천봉우는 한마디로 "실의의 인간"입니다. 그는 중학 시절까지만 해도 재기 발랄한 야심가였지만, 6·25 전쟁으로 부모와 형제를 모두 잃은 후에는 무슨 일에도 관심과 열정을 기울이지 않는 인간으로 변했습니다.

그의 이러한 면모는 깨어 있는지 잠들어 있는지 분간하기 힘든 그의 모습에서 단적으로 표현됩니다. 그는 공산군이 서울을 점령했던 삼 개월 동안 빨갱이와 공습에 대한 공포 때문에 잠시도 마음 놓고 잠을 자지 못했는데, 전쟁이 끝난 현재에도 그 불안한 긴장에서 벗어나지 못하여 "자면서도 깨어 있고 깨어 있으면서도 자고 있는 상태"로 지내는 것입니다. 〈미해결의 장〉의 지상처럼 작가 손창섭의 작품에는 삶의 의욕을 상실한 채 어떤 구원을 바라는 인물들이 자주 등장하는데, 천봉우 또한 그러한 인물이라고 할 수 있습니다.

채익준

서만기의 또 한 명의 중학교 동창인 채익준은 한마디로 "비분강개파"라 할 수 있습니다. 그는 정의감과 의분이 강해서 "무슨 일에나 몸을 사리지 않고 앞장을 서는" 성품의 소유자입니다. 서만기의 병원에서 신문을 보다가 사회면에 보도된 사기 행각들에 대해 분노하는 모습은 그의 이러한 성품을 잘 보여 줍니다.

그러나 채익준은 바로 그러한 자신의 성품 때문에 일제 강점기는 물론이고 30대 중반에 이른 현재에도 변변한 직업을 갖지 못하고 있습니다. 외국인에게 양심적으로 일용 잡화 및 식료품을 파는 사업을 한다면 개인은 물론 사회에도 이득이 될 수 있다고 생각하고 투자자를 구하려고 노력하지만 실패하고 말지요. 그가 생각하는 대로 양심적으로 사업을 할 경우 이윤이 너무 적어서 그의 사업에 아무도 투자를 하지 않으려 하기 때문입니다. 이처럼 채익준은 정의감으로 인해 현실에 잘 적응하지 못하는 인물입니다. 일자리를 찾아 나섰다가 아내의 장례도 치르지 못하는 마지막 장면은 이러한 인물의 비참한 삶을 단적으로 보여 줍니다.

● 작품 Q&A

"선생님, 궁금해요!"

Q 이 작품의 시간적, 공간적 배경은 어떻게 되나요?

A 이 작품은 1958년에 발표되었어요. 6·25 전쟁이 1953년에 끝났다는 점을 고려하면, 전쟁의 직접적인 충격은 어느 정도 가시기 시작하였으나 여전히 사회적·정치적·윤리적으로 혼란스러웠던 한국 사회를 시대적 배경으로 삼고 있다고 볼 수 있습니다. 채익준의 분노는 바로 그러한 당대 사회의 윤리적 혼란으로 말미암은 것입니다.

또한 공간적으로 아마도 서울에 있을 듯한 서만기의 병원이 중심 배경을 이루고 있는데, 이는 작가 손창섭의 작품에서 매우 이례적인 일입니다. 작가의 작품들은 주로, 비가 내리는 우중충한 분위기 속에서 밀폐된 방을 중심으로 이야기가 전개되기 때문입니다. 병원은 개인이 칩거하는 밀폐된 공간이 아니라 여러 사람들이 이런저런 이유로 만날 수 있는 공간이기에 그만큼 개방적입니다. 따라서 그곳에 모여드는 다양한 인간군들을 보여 줄 수 있는데, 이 작품의 주요한 공간적 배경이 되는 서만기의 병원은 바로 그러한 역할을 하고 있습니다. 즉, 작가는 의도적으로 서만기의 병원을 공간적 배경으로 설정함으로써 1950년대 후반의 다양한 인간상들을 보여 준 것이라 할 수 있습니다.

Q '등장인물 들여다보기'에서 서만기가 작가 의식의 변모를 보여 주는 인물이라고 하셨는데요, 어째서 그런지 좀 더 구체적으로 설명해 주세요.

A 작가 손창섭은 긍정적인 인물보다는 부정적인 인물들을 많이 창조했습니다. 우선 앞서 읽어 본 〈비 오는 날〉이나 〈미해결의 장〉을 생각해 보세요. 두 작품 속 주인공인 원구나 지상은 삶에 대한 의욕을 상실하고 그날그날을 그저 견뎌 나가는 인물들입니다. 또한 작가의 작품 중 〈인간동물원초〉, 〈생활적〉 같은 작품에서는 식욕과 성욕을 만족시키는 것을 삶의 유일한 목표로 삼는 동물적인 인물들이 대거 등장합니다. 작가는 이러한 인물들을 통해 6 · 25 전쟁 직후의 한국 사회의 절망감을 표현하였습니다. 이러한 인물들과 비교한다면 서만기는 외모나 품성에서 거의 완벽한 이상적인 인물입니다. 너무나 과도하게 이상적이서 비현실적인 인물이 아닌가라는 비판이 가능할 정도이지요.

그런데 긍정적 인물을 창조하려는 작가의 노력은 〈잉여 인간〉만으로 끝나지 않습니다. 작가는 1958년을 전후해서 〈가부녀〉, 〈고독한 영웅〉, 〈잡초의 의지〉 등의 작품을 통해 인간적이고 긍정적인 인물을 창조하기 위해 노력했습니다. 1950년대 후반으로 들어서면서 한국 사회는 점차 6 · 25 전쟁의 직접적인 충격으로부터 벗어나기 시작했고, 이에 따라 부정적인 인물을 통해 당대 사회의 절망감을 표현하는 것에서 한 걸음 나아갈 필요성이 대두하기 시작했지요. 작가 자신도 이러한 시대적 요구에 발맞추어 일정한 자기 변화를 모색한 것이라 할 수 있습니다.

Q 천봉우가 〈미해결의 장〉의 지상과 유사한 인물이라고도 하셨는데요, 어떤 점에서 그런지 설명해 주세요.

A 천봉우와 〈미해결의 장〉의 지상의 유사한 점으로는 두 가지를 지적할 수 있습니다. 첫째, 천봉우는 지상과 마찬가지로 삶의 의욕을 상실한 인물입니다. 둘째, 천봉우는 지상처럼 자신이 이상적이라고 여기는 여인에게서 유일하게 위안을 얻습니다. 지상이 광순의 이부자리에서만 편안하게 잠을 자고 그녀를 찾아다니듯이, 천봉우는 홍인숙을 바라볼 때만 눈이 "황홀하게 빛"나며 퇴근 후에도 어린애처럼 그녀만을 따라다니는 것입니다. 지상의 경우에는 왜 그렇게 되었는지 직접적으로 제시되지 않지만, 천봉우의 경우에는 6·25 전쟁이 원인이라는 점이 직접적으로 제시됩니다. 전쟁 중에 부모와 형제를 모두 잃었고, 피난 나갈 기회를 놓치고 공산 치하에서 3개월 동안 공포 속에 살았으며, 그 공포와 긴장감이 현재까지도 여전히 지속되고 있다는 설명이 그것이지요.

그러나 천봉우와 지상에게는 중요한 차이점이 있습니다. 각 작품의 시점을 한번 생각해 보세요. 〈미해결의 장〉에서는 1인칭 주인공 시점으로 지상의 내면이 제시되는 반면, 〈잉여 인간〉에서는 3인칭 시점을 통해 천봉우의 내면보다는 외면이 주로 제시됩니다. 그로 인해 천봉우는 지상보다 좀 더 객관적으로 그려지고, 더 희극적인 모습으로 그려집니다. 생각해 보세요. 지상의 모습을 제3자의 시선으로 그린다면 바로 천봉우의 모습이 아닐까요? 이렇듯 어느 시점을 선택하느냐에 따라 인물의 모습이 달라질 수밖에 없는데, 3인칭 시점을 선택했다는 것은 작가가 어느 정도 사태를 객관적으로 보려고 노력하기 시작했다는 것을 의미합니다. 앞서 작가 의식의 변모를 언급했는데, 이 또한 그 연장선상에 있다고 볼 수 있습니다.

Q 채익준은 〈미해결의 장〉의 진성회 회원들을 생각나게 해요. 유사한 인물들인 것 같은데 가만히 살펴보면 매우 다른 모습으로 그려지는 듯해요. 왜 그런 걸까요?

A 천봉우가 지상과 유사한 인물이듯이 채익준 역시 진성회 회원들과 유사한 인물이라고 할 수 있습니다. 진성회 회원들은 "국가 민족과 인류 사회를 위해서 진실하고 성실한 일을 하다가 죽자"라는 취지로 진성회를 결성하는데, 따지고 보면 채익준 역시 그러한 대의명분을 중시하는 인물이기 때문입니다.

그럼에도 진성회 회원들과 채익준은 매우 다르게 그려집니다. 유사한 인물이라 할지라도 어디에 초점을 맞추느냐에 따라 전혀 다른 모습을 띠게 됩니다. 〈미해결의 장〉의 경우 진성회 회원들의 무능력, 그들의 자기모순(自己矛盾: 스스로의 생각이나 주장이 앞뒤가 맞지 아니함)에 초점이 맞추어져 있습니다. 그리하여 그들은 주로 비판의 대상이 됩니다. 반면, 〈잉여 인간〉의 경우 초점은 채익준보다는 당대의 사회 현실에 맞추어져 있습니다.

한번 생각해 보세요. 채익준이 실천하려는 정의가 과연 현실성을 고려하지 않은 지나친 이상일까요? 그가 요구하는 것이 도둑질을 해서는 안 된다, 상품을 속여 팔아서는 안 된다는 것 등등이라는 점을 고려하면 그렇지는 않다고 답할 수 있습니다. 채익준은 최소한의 윤리를 요구한다는 이유 때문에 곤궁한 삶을 사는 인물로 그려

집니다. 작가는 〈잉여 인간〉에서 채익준을 비판적으로 바라보기보다는 오히려 채익준의 비참한 삶을 통해 6·25 전쟁 직후의 한국 사회의 비윤리성을 비판하는 데 초점을 맞추고 있는 것입니다.

Q 이 작품의 제목이 '잉여 인간'인 이유는 무엇일까요?

A '잉여 인간'은 원래 투르게네프의 〈잉여 인간의 일기〉(1850) 이후 널리 퍼진 용어로, 19세기 러시아 소설에 자주 등장하는 고유의 인물 유형을 가리킵니다. 주로 지식인이나 귀족들로서 차르(1917년의 혁명이 일어나기 이전인 제정 러시아 때 황제의 칭호) 치하의 19세기 러시아 사회에서 사회 현실에 적응하지 못하고 삶의 목표를 잃은 채 무의미한 삶을 살아가는 인물들을 의미하지요. 꼭 이를 생각하지 않더라도 '잉여'의 사전적 의미가 '쓰고 난 후 남은 것'이라는 점을 고려할 때 '잉여 인간'이란 쓰고 남은 물건처럼 무의미한 삶을 살아가는 인물을 의미한다고 볼 수 있습니다. 천봉우는 6·25 전쟁으로 인해 삶에 대한 의욕을 상실한 채 살아가는 실의의 인간입니다. 또한 채익준은 정의감과 의분이 매우 강한 비분강개파이지만 현실적으로 매우 무능합니다. 이처럼 천봉우와 채익준은 상반되는 성격의 인물들이지만, 사회적으로나 개인적으로 마치 '잉여'처럼 무용하거나 무의미한 삶을 살아간다는 점에서 일치합니다. 반면 서만기는 궁핍함 속에서도 인간으로서 해야 할 도리를 다하는 긍정적인 인물입니다. 작가는 아마도 서만기에 비할 때 채익준과 천봉우가 일종의 잉여 인간이라 할 수 있고, 그들이 작품의 중심인물들이기에 작품의 제목을 '잉여 인간'이라 정했을 것입니다.

작가 소개 손창섭(1922 ~ 2010)

전쟁으로 인한 절망과 허무의식의 대변자

 손창섭은 〈공휴일〉(1952)과 〈사연기〉(1953)가 「문예」에 추천되면서 본격적인 작품 활동을 시작하여 1960년대까지 활약한 대표적인 전후 소설가이다. 전후 소설이란, 6·25 전쟁(1950. 6. 25~1953. 7. 27) 직후부터 1960년 초반까지 창작되어 6·25 전쟁의 충격이 작품 세계의 밑바탕에 깔려 있는 소설들을 가리킨다. 이러한 전후 소설은 크게 두 가지 경향의 작품들로 구분된다. 하나가 전쟁 체험으로 인한 절망감을 표현하는 작품들이라면, 다른 하나는 이에 굴하지 않고 인간성 회복을 위해 노력하는 작품들이다. 손창섭은 그중 전자를 대변하는 소설가이다. 작가의 작품은 동물적인 인간 혹은 허무주의적 인간 등 매우 독특한 인물 유형을 창조하였다는 데 그 특징이 있다. 작가는 이러한 인물들을 통해 전쟁 직후 한국 사회의 절망감, 그리고 인간과 통상적 가치들에 대한 불신을 매우 극단적으로 표현하였다.

 이러한 작가의 작품 세계를 이해하기 위해서는 일차적으로 그의 작품에 원경으로 놓여 있는 6·25 전쟁에 대한 이해가 필요하다. 삼 년간 이어진 전쟁으로 인해 수백 만 명의 사람들이 다치거나 죽었으며 고향을 잃었다. 전쟁의 와중에서 인간의 생명은 파리 목숨보다 못하였고, 인간적 가치들은 무참히 짓밟혔다. 곧 인류가 자랑하는 이성, 역사, 인간애 등등이 무너져 내린 것이다. 인간을 인간이게 만드는 이러한 가치들이 무너져 내릴 때 인간은 절망하고 허무 의식에 빠지게 마련인데, 손창섭은 6·25 전쟁 체험을 가장 깊숙이 내면화한 작가로서 독특한 인물 유형의 창조를 통해 그러한 절망감과 허무 의식을 표현하였다.

이러한 작가 손창섭이 창조한 인물 유형은 크게 두 가지로 나뉠 수 있다.

첫 번째 인물 유형은, 동물적 인간이다. 이 책에는 실려 있지 않지만 작가의 작품에는 식욕, 성욕의 충족만을 인생의 유일한 목적으로 삼는 인물들이 대거 등장한다. 〈피해자〉(1955)의 순실은 "먹구 싶은 것두 못 먹구 뭣 하러 살아, 세상 재미란 먹는 재미지 뭐유."라고 주장하며, 〈생활적〉(1954)의 봉수는 "남자란 여자 없이 살 수 없는 동물"이라고 주장한다. 독특한 점은 이러한 인물들을 바라보는 작가의 시선이다. 작가는 인간적 가치들과 무관하게 동물적으로 살아가는 이러한 인물들을 비난하기보다는 그들의 모습이야 말로 당대 인간의 본모습이라고 본다. 그리하여 작가는 통상 인간에 대한 불신을 극단적으로 표현한 작가로 평가된다. 그의 작품에 등장하는 동물적 인간들은 크게 두 가지 의의를 갖는다. 첫째, 그 인물들을 통해 인간이란 존재는 영원히 육체적, 생물학적 삶을 벗어날 수 없다는 진리를 제시하고 있다. 둘째, 6·25 전쟁 직후의 삶의 모습, 즉 정치적·윤리적 올바름을 추구하기보다는 동물적 생존을 유지하는 데 급급할 수밖에 없는 당대 인간의 삶의 모습을 고발하고 있다.

두 번째 인물 유형은, 삶에 대한 의욕을 상실한 허무주의적 인간이다. 고향, 인간에 대한 애정, 인간적 가치 등을 상실했을 때 인간은 삶에 대한 의욕을 상실하고 허무 의식에 빠질 수밖에 없는데, 손창섭의 작품에는 이러한 유형의 인물이 대거 등장한다. 대학도 그만둔 채 몸 파는 여인 광순의 이부자리에서 낮잠을 자는 것으로 그날그날을 보내는 〈미해결의 장〉(1955)의 지상이 그 대표적인 인물이다. 또한 동욱 남매를 돕기 위해 적극적인 노력을 기울이지 않는 〈비 오는 날〉(1953)의 원구, 깨어 있는 듯 잠들어 있는 듯 살아가는 〈잉여 인간〉(1958)의 "실의의 인간" 천봉우도 그러한 인물에 속한다. 이러한 인물들은 사람들이 중요하게 여기는 일상적 가치들을 믿지 않고, 하루하루를 그저 견뎌 가는 모습을 보인다. 또한 원구처럼 이 세상에 대해 슬픔과 우울만을 느끼거나, 지상처럼 진실하고 성실하게 살자는 진성회 회원들을 조롱한다.

반면 허무주의적 인물들은 본능에 충실한 동물적 인간들에 대해서는 연민의 정을 갖는 독특한 태도를 보인다. 예를 들어 〈유실몽〉(1956)의 철수는 "개돼지처럼 먹고 아이만 낳문 젤일" 줄 아는 누이가 현재의 매부를 배신하고 또 다른 남자를 남편으로 취하여 동물적 삶을 계속하려 할 때 그녀를 비난하기는커녕 오히려 "강한 인간의 냄새"를 맡고, 중요한 것은 그녀의 행복이라고 생각한다. 곧, 통상적인 인간적 가치를 주장하거나 거창한 대의명분을 내세우는 사람들은 불신하면서도 인간의 동물적 모습에 대해서는 오히려 인간 본연의 모습이라 생각하며 연민의 정을 갖는 것이다. 그렇다고 허무주의적 인물들 혹은 손창섭이 동물적 삶을 살아가는 인물들에 대해 전적으로 긍정한다고 볼 수는 없다. 허무주의적 인물들은 동물적 삶을 살아갈 수밖에 없는 것이 인간이라고 생각하며, 그 비참함으로 인해 오히려 절망하고, 세계에 대한 슬픔과 우울의 감정 속에서 그날그날을 견뎌 나가는 인물들이라고 할 수 있다.

이처럼 인간과 인간적 가치들에 대한 불신을 표현하던 작가는 1950년대 후반으로 넘어가면서 점차 작품 세계의 변모를 꾀한다. 〈잉여 인간〉의 서만기는 외적·내적으로 거의 완벽한 인물로 그 변모를 대변하는 인물이라 할 수 있다. 당대 비평가들은 작가에게 좀 더 인간의 긍정적인 면을 그려 달라고 요청했고, 시대 상황도 1950년대 후반으로 넘어가면서 점차 6·25 전쟁의 충격으로부터 벗어나게 되어 새로운 인물 탐구를 요청하고 있었다. 작가는 이러한 요청을 받아들여 인간에 대한 어떤 긍정적인 면을 발견하려고 노력하였다. 그 결과물이 〈가부녀〉(1958), 〈고독한 영웅〉(1958), 〈잉여 인간〉이다. 그리하여 작가는 〈잉여 인간〉으로 당대 최고의 문학상인 동인문학상을 수상하기도 한다.

그러나 문학상을 수상하였다고 하여 꼭 높이 평가할 수 있는 것만은 아니다. 사실 작가의 노력은 그리 성공적이라고 보기 어려운데, 그 이유는 〈잉어 인간〉의 서만기를 비롯하여 〈가부녀〉와 〈고독한 영웅〉의 등장인물들이 너무 비현실적이기 때문이다. 작가 손창섭 문학 세계의 본령은 아마도 〈비 오는 날〉, 〈사연기〉, 〈미해결의 장〉, 〈인간동물원초〉(1955), 〈생활적〉 등 그의 초기작에 있다고 할 수 있을 것이며, 이러한 작품들은 6·25 전쟁 직후 우리 민족의 비참함과 그로 인한 절망감을 매우 사실적으로 그려 냈다는 점에서 높이 평가할 수 있을 것이다.

연보

1922년 _ 평안남도 평양 인흥동에서 형 손창익, 손창환, 누나 손정숙 등 3남 1녀 중 막내로 태어남. 아버지를 세 살 때 여의고, 어머니는 재혼하라는 시어머니의 종용으로 재가를 하였음. 독실한 기독교인이었던 할머니의 손에 자람.

1335년 _ 만주로 건너감.

1936년 _ 일본으로 건너감. 신문 배달, 목공소 견습공, 서적상 점원, 우유 배달, 토목 인부, 전신기 제작 회사 공원, 영사(映寫) 조수 등 밑바닥 일들을 하면서 고학을 함. 일본 교토와 도쿄에서 여러 중학교를 전전함. 교토 대학에 입학했다가 니혼 대학 문학부로 옮겨가 수년간 수학함. 중학교 시절 우유 배달을 할 때 일본인 주인집에 있던 세계 문학 전집을 읽었으며, 도스토예프스키, 필리프, 체호프 등에 크게 감명받음. 대학 때는 니체와 루소의 사상에 심취함.

1946년 _ 귀국하여 고향인 평양에서 지냄.

1948년 _ 월남함. 군밤 장사, 넝마 장사, 참외 장사 등을 하며 생활고에 시달리다 이후 중고등학교 교사, 잡지사 기자 등을 하면서 생활이 안정됨.

1949년 _ 「연합신문」에 〈얄궂은 비〉를 발표함. 절친한 일본인 친구 세이지의 여동생 우에노 치즈꼬와 시모노세키에서 결혼을 약속함. 부산의 중학교 교사였던 손창섭은 예식을 생략한 채 우에노와 함께 현해탄을 건너와 부산에서 신혼살림을 차림.

1952년 _ 〈공휴일〉을 「문예」에서 추천받음.

1953년 _ 〈사연기〉를 「문예」에서 추천받아 등단함. 〈비 오는 날〉을 「문예」에 발표함.
1954년 _ 〈생활적〉을 「현대공론」에 발표함.
1955년 _ 〈혈서〉, 〈피해자〉, 〈미해결의 장〉, 〈저어〉, 〈인간동물원초〉, 〈STICK〉 등 작가 고유의 문학 세계를 보여 주는 작품들을 왕성하게 창작함.
1956년 _ 제1회 현대문학 신인상을 수상함.
〈유실몽〉, 〈설중행〉, 〈희생〉, 〈광야〉, 〈미소〉, 〈사제한〉 등을 발표함.
1957년 _ 〈치몽〉, 〈소년〉, 〈저녁놀〉 등 소년을 주인공으로 한 작품을 발표함.
1958년 _ 〈가부녀〉, 〈고독한 영웅〉, 〈잡초의 의지〉, 〈잉여 인간〉 등 작품 세계의 변화를 꾀하면서 긍정적인 인물형을 그리는 작품들을 발표함.
1959년 _ 〈잉여 인간〉으로 당대 최고의 문학상인 제4회 동인문학상을 수상함.
작가 최초의 장편 〈낙서족〉을 발표하고 작품집 『비 오는 날』(일신사)을 출간함.
1961년 _ 자서전적인 단편으로 알려진 〈신의 희작 — 자화상〉을 발표함.
1962년 _ 고급 독자보다는 일반 대중에게 접근하기 위해, 그리고 생계를 위해 〈부부〉와 같은 신문 연재소설을 창작하기 시작함.
1963~70년 _ 통속성이 강한 장편 〈인간교실〉(1962), 〈이성연구〉(1963), 〈길〉(1968), 〈삼부녀〉(1970)를 신문과 잡지에 연재함. 역사 소설 〈환관〉(1968), 〈청사에 빛나리〉(1968)를 발표함. 전 5권으로 이루어진 『손창섭 대표작 전집』(예문관, 1970)을 출간함.

1973년 _ 한국에서 파인애플 농장을 하다가 일본으로 건너감(일본으로 건너간 이유에 대해서는 구체적으로 알려진 바가 없음).
철저한 은거 생활로 그 이후의 구체적인 생활에 대해서는 알려지지 않음.
1976년 _ 재일 한국인의 삶을 그린 장편 〈유맹〉을 「한국일보」에 연재함.
1977년 _ 각별한 사이였던 한국일보 창업주 장기영이 타계하자 조문차 한국을 방문하였으나 신문사에 찾아왔을 때 기자들이 달려오고 난리가 나자 묘소에도 가지 않고 도망치다시피 신문사를 빠져나감.
역사 소설 〈봉술랑〉을 「한국일보」에 연재함.
1988년 _ 김동리의 요청으로 동인문학상 시상식에 참석하고자 한국을 방문함.
1998년 _ 귀화하지 않고 한국인으로 살다가 일본의 외국인 등록법에 의해 매년 등록을 갱신해야 하는 번거로움 때문에 일본인으로 귀화하고 우에노 마사루〔上野昌涉〕로 개명함.
2010년 _ 6월 23일, 일본에서 생을 마감함.